KENNETH GRAHAME

VIENTO EN LOS SAUCES

Ediciones Gaviota, s.a.
MADRID — ESPAÑA

Título original: The wind in the willows
Cubierta: Irene Areal

Spanish

© EDICIONES GAVIOTA, S. A.
Reservados todos los derechos
ISBN: 84-392-8012-2
Depósito legal: LE.1216-1984
Printed in Spain - Impreso en España

EDITORIAL EVERGRAFICAS, S. A.
Carretera León-La Coruña, km 5
LEON (Spanien)

KENNETH GRAHAME

Kenneth en su más tierna infancia

El autor de «Viento en los sauces», Kenneth Grahame, había nacido el 8 de marzo de 1859 en la ciudad escocesa de Edimburgo. Su padre se dedicó a la abogacía hasta que lo dejó por el puesto de sheriff de Argyll, en Inverary, donde vivió con su familia; su madre gozaba de un carácter afable y alegre. El matrimonio había tenido ya dos hijos antes del nacimiento de Kenneth, y posteriormente aún habrían de tener otro más. Sus hermanos mayores se llamaban Helen y Thomas William.

El puesto de sheriff del padre obligó a la familia a tener que trasladarse a Inverary a los cuatro años de haber nacido Kenneth. El tiempo que pasó entretanto fue el que se tardó en construir la nueva casa de la familia en Inverary. Hasta entonces debieron deambular por casas de amigos, lugares que por su significado ya no olvidará el escritor.

Llevaban viviendo un año en Inverary cuando nace un nuevo hermano de Kenneth. Este suceso agradable daría paso a otro tan desagradable como la muerte de la madre de los pequeños, a consecuencia de una escarlatina. La tristeza se apodera de la familia. Se hace necesaria la presencia de una mujer para hacerse cargo de los pequeños, que por entonces sólo tenían uno, cinco, seis y nueve años de edad, y pasa a cuidarles la abuela materna, que los lleva consigo a su casa.

La nueva casa estaba situada a orillas del Támesis, lo que fue un motivo de satisfacción para Kenneth, que siempre fue un muchacho soñador y amante de los lugares silenciosos y privilegiados por la naturaleza.

La abuela de los pequeños era una mujer de temperamento fuerte y segura de sí misma. A pesar de ser definida por la hermana mayor de Kenneth, Helen, como una mujer no demasiado amante de los niños, lo cierto es que se preocupó por ellos a pesar de no tener dinero para hacerlo.

Contaba Kenneth siete años de edad cuando su abuela se traslada a vivir a Cranbourne y con ella sus cuatro nietos. El lugar no era del agrado del niño, y ello hace que Kenneth pierda los días de ensueño que había pasado hasta entonces.

Su más tierna infancia se ha marchado y deja en él tan profunda huella que, en cierta ocasión, le lleva a decir «la capa de mi cerebro que usé de los cuatro a los siete años no ha sufrido alteración alguna».

Y van pasando los años

Kenneth recibe a los site años la visita de su padre, antes de marcharse al extranjero. El alcohol le había cambiado y sería la última vez que el niño lo viera.

Ingresa en el colegio de St Edward's de Oxford. El colegio gusta al pequeño que pasaba los ratos libres distrayéndose por los jardines. Su hermano Thomas W. también había ido a St Edward's, pero tuvo que abandonarlo pronto, debido a su delicada salud, que le llevará a la muerte el 1 de enero de 1875.

En el colegio empezó a tomar cariño a su ingreso en la Universidad, pero éste nunca llegó a producirse. Pasa rápido el tiempo y a los dieciseis años comienza a trabajar con un tío suyo de Westminster. Tres años más tarde obtiene un puesto en el Banco de Inglaterra.

Un día conoció en Londres a James Furnivall, un notable escritor inglés autor del «Nuevo Diccionario» de Oxford y presidente de la «Sociedad Shakesperiana», de la que Kenneth pasó a formar parte como secretario honorario. Asistió a todas las tertulias literarias que se organizaron durante los quince años que continuó existiendo la sociedad, y conoció en ellas a todos los escritores de la época, que le infundieron su amor por las letras.

El empleo del banco le había dado ya lo suficiente como para vivir por su cuenta. En los momentos de ocio, o en aquellos que no le ocupaba el banco, se dedicaba a sus dos actividades favoritas: pasear por el campo a orillas del río, y escribir todo tipo de cosas. Había probado sus dotes en prosa y en verso, pero dejó éste, aconsejado por Furnivall, para dedicarse a la prosa.

Aparecen sus primeros escritos

El 26 de diciembre de 1888 «The St Jame's Gazette» publica un artículo suyo, al que no le añade el nombre de su autor. Año y medio más tarde, también en «The St Jame's Gazette» aparece otro artículo de Kenneth, trataba de la vuelta a la naturaleza para alejarse del mundanal ruido.

Pasa al «National Observer», donde en 1891 firma un artículo que sale a la luz con su nombre. En 1893 el editor John Lane saca de la imprenta «Papeles paganos», una colección de artículos de Kenneth Grahame. Dos años más tarde, en 1895, reune en «La Edad de Oro» una serie de ensayos que anteriormente había escrito, y completa en 1898 con «Días de Ensueño», etapa en la que había ascendido a Secretario del Banco de Inglaterra.

Al año siguiente contrae matrimonio con Elspeth Thomson y, un año más tarde, nacerá su hijo Alastair, al que cariñosamente llamaban «Mouse» (ratoncito). Como un buen padre, Kenneth trató de que su hijo tuviera todas

7

aquellas cosas que a él le habían faltado en la infancia, y basado en su experiencia, intenta educarle lo mejor posible.

El nacimiento de su hijo llena su vida estos años. Las horas que no debe pasar en el banco, las dedica por completo a su mujer y a su hijo, con lo que apenas le queda tiempo para continuar escribiendo. Unicamente redacta un prólogo para «Las Fábulas de Esopo» y revisa algunos relatos para niños.

Con su hijo crece «Viento en los Sauces»

Kenneth Grahame recordaba con frecuencia todos aquellos pequeños animales que había contemplado en su infancia, cuando vivía con su abuela a orillas del Támesis. Se acordaba de aquel ratoncito de agua, o de aquellos otros animales que, de vez en cuando, correteaban por la pradera cercana.

Todos aquellos días de ensueño fueron quedando grabados en su mente, sin atreverse nunca a contarlos, hasta que un día, su hijo Alastair le pidió que le narrara cuentos de un ratón, una jirafa y un topo. Las aventuras que Kenneth iba contando a su hijo resultaban tan hermosas que Alastair siguió tres años más oyendo aquellos relatos, con un único cambio de personaje, la jirafa se sustituye por un tejón, retrato cariñoso del niño.

En 1907 Alastair se va de vacaciones, pero no se resigna a perder de vista a sus compañeros de juegos; ruega a su padre que le envíe varias cartas y le vaya contando más aventuras del ratón, el tejón, el topo y el sapo, un nuevo protagonista. De esta forma el relato va creciendo a medida que pasa el tiempo, pero sólo tienen conocimiento de él Alastair y Kenneth.

Posteriormente se enteran algunos amigos de la pequeña historia y aconsejan al padre que la publique. A Kenneth la idea no es que le apasionara mucho, pues encontraba difí-

cil escribir aquellas páginas que luego iban a ser modelo de sencillez y deleite, y, además, se hacía necesario rememorizar la primera parte de la obra, que había quedado en la mente del niño y en la suya, pero que no había tenido correspondencia en el papel. Al fin acepta, y, aunque no busca editor, Constance Smedley le ofrece la revista «Everybody's». Sin embargo, terminada la obra «Everybody's» la rechaza.

Sale a la luz el libro

«Viento en los Sauces» se terminará de imprimir en Inglaterra, en 1908. Contó entre sus admiradores con el presidente de los Estados Unidos, Theodore Roosevelt, quien se convierte en ferviente lector de Kenneth a raíz de su libro «La Edad de Oro».

El relato triunfa no sólo por su sencillez y fantasía, sino también porque resulta de un cuento dedicado especialmente para un niño, para su propio hijo. Además, al autor le gusta ser un niño de vez en cuando, y no le importa en absoluto sentirse como tal, ya que, al fin y al cabo, es la etapa más tierna de una persona. Por este motivo frecuentemente advertía a sus amigos que no se extrañaran si a veces se comportaba como el niño que fue y del que guardaba tan grato recuerdo.

De esta obra se han escrito multitud de cosas. R. Middelton llegó a afirmar en cierta ocasión que «"Viento en los Sauces" es un libro más sagaz y completo que los anteriores del autor, y creo que Grahame ha llevado a cabo esta tarea difícil con más acierto». Otros críticos, en cambio, consideran esta obra como un libro más y no muestran especial interés por la misma. Para algunos la obra es interesante desde el principio, desde que aparece el topo. Otros opinan que interesa cuando surge el ratón, protagonista central y el más inteligente de todos. Sea como sea, el libro

9

presenta los ingredientes básicos y necesarios para gustar a un niño y por ello es ya destacable.

El cuento es la historia de varios personajes con sus diferentes historias, sus formas de ser, y las características de los animalitos que entran en juego. Es también una exaltación del hogar, ese hogar que Kenneth no tuvo cuando fue niño y que deseó que tuviera su hijo Alastair. El hogar del Tejón y el palacio del Sapo, son semejantes a muchos de los que Kenneth ha visto, pero ninguno de los dos puede representar lo que le gustaría al autor que fuera el hogar familiar. A este ideal puede acercarse la casa del Topo, se marcha y vuelve a su sitio, Kenneth no pudo volver. Igual ocurre con el hogar del Ratón. La descripción del hogar de ambos es emotiva, el fuego, las paredes, el techo, todo, da muestras de un cariño que descubre a una persona buena tan necesitada de él.

La ilustración del libro corrió a cargo de personas que sabían su trabajo; pero, sin embargo, puede decirse que no supieron ilustrarlo adecuadamente. Ello se debió, sin duda, no a su desconocimiento de cómo se debe ilustrar un libro, sino más bien al desconocimiento del lugar donde viven los protagonistas. Las charcas de la Nutria, la orilla del río del Ratón, la pradera del Topo, o el bosque donde habitaba el Tejón, son lugares difíciles de imaginar si no se conocen. Se podían haber visitado, pero la delicada salud de Kenneth o la muerte de Alastair, arrollado por un tren en las afueras de Oxford, que imposibilitó ir con el ilustrador a contemplar aquellos parajes, lo impidieron.

El libro se agotó rápidamente, se publicó en octubre y en Navidades ya había salido la segunda edición.

Solitario y silencioso definitivamente hasta 1932

A este hombre, preocupado en no destacar, en quedarse fuera del tumulto, en vivir apaciblemente, le hubiera gustado tener una vida más simple y menos dolorosa. Su madre murió siendo todavía muy niño; luego fallecía un hermano suyo; a su padre no volvería a verlo; y, al final, un tren acaba con la vida de su hijo Alastair. Todas ellas son demasiadas desgracias para un hombre como Kenneth, solitario, emotivo y silencioso.

Kenneth es una persona a quien le apasiona la vida rural, encantadoramente silenciosa y reflejo de su infancia. La evasión, o la huida de la ciudad para admirar el campo, mientras pasea en silencio, son temas que, de alguna forma siempre están presentes en sus escritos.

En 1913 publica «El hombre que camina solo», su última obra; su título es muy significativo, pues en él se recoge, en alguna medida, su propio carácter.

En realidad, Kenneth Grahame nunca se propuso ser alguien dentro de la Literatura, para él era suficiente transmitir con sencillez lo que pensaba. Pero escribir no le era fácil y un determinado día ante la insistencia de un editor americano, llegó a decir lo siguiente:

«Dudo que escriba otro libro. Se necesita cierta "cantidad" de lo que un paisano suyo llamó "la vida" para redactar una página. La frase de fácil lectura puede haber sido de difícil construcción, quizás cuanto más fácil es la lectura más difícil es la composición. Escribir no es nada fácil. Hay un placer en el ejercicio pero también una agonía. No soy escritor profesional, nunca lo fuí ni lo seré. Quizás sea debido a que no necesito dinero. No busco la fama, sino que más bien me molesta. Si llegara a ser autor popular, mi vida privada quedaría interrumpida y no podría vivir solo.

¿Qué sentido tiene escribir para una persona como yo? Tiene uno siempre la esperanza de poder construir una frase que haga levantar a Thomas Browne de su inhóspita tumba de Norwich.»

Pero, a pesar de costarle trabajo, sus grandes aficiones eran escribir y pasear. Cada vez que podía se dedicaba a una de esas dos cosas; tal vez lo hiciera para escapar de un

11

mundo que no le gustaba y ante el que se cerraba para bucear en su otro mundo, el mundo íntimo. Algunos le han tachado de tímido, algo acomplejado y realmente poco comunicativo, aunque en realidad empleba las palabras justas, como en sus obras, aún siendole difícil encontrarlas. Su gran emotividad le llevaba a ser un hombre bueno. Se emocionaba por cualquier cosa, sobre todo si le recordaba aquella etapa de los cuatro a los siete años. La falta de calor familiar como consecuencia de la temprana falta de su madre, le convirtió en un hombre necesitado de cariño; por ello deseó formar un hogar para que su hijo recibiera todo el calor que se necesita en la infancia.

A la edad de setenta y tres años le sorprendió la muerte en Pangbourne; era un seis de julio de 1932 y Kenneth se fue solo, sin ruido y sin molestar, tal y como había llegado.

Hoy se puede leer en su tumba:

A la inolvidable memoria de Kenneth Grahame,
marido de Elspeth y padre de Alastair,
que pasó el Río el 6 de julio de 1932,
dejando a la infancia y a la Literatura,
una de las mejores bendiciones de todos los tiempos.

VIENTO EN
LOS SAUCES

1. En la orilla del río

El Topo había pasado toda la mañana ocupado en la limpieza primaveral de su casita. Primero con escobas y después con plumeros. Luego, subido en escaleras, escabeles y sillas, con el cubo y el brochón para encalar. Llegó a tener polvo en la garganta y en los ojos, y manchas de cal en su negra piel, y hasta le dolía la espalda y sentía cansancio en los brazos. La primavera se agitaba allá en el aire, y en las profundidades de la tierra, bajo los pies del Topo, y a su alrededor, penetrando hasta su casita sombría y humilde con su inquietud y su dulce anhelo. No es de extrañar que de pronto arrojara al suelo su brochón, exclamando: «¡Uf! ¡Qué pesado es esto!» y «¡Al diablo la limpieza!» y saliese inmediatamente sin ponerse siquiera el abrigo. Algo, desde arriba, le llamaba insistentemente, y se dirigió por el angosto túnel que equivalía en esta casa a las enarenadas avenidas propias de los animales cuyas residencias se hallan próximas al sol y al aire. Arañó, rascó, hurgó y cavó y volvió a cavar, hurgar, rascar y arañar trabajando activamente con sus garras menudas, y luego murmuró para sus adentros: «¡Ánimo! ¡Ánimo!», hasta que, al fin, ¡pop!, su hocico asomó a la luz del sol y se encontró rodando por la hierba calentita de un gran prado.

13

«¡Qué hermosura!», se dijo. «Esto es mejor que encalar pare-des!» Sentía los cálidos rayos solares en su piel y las brisas suaves acariciaban su sudorosa frente, y tras la larga reclusión en su celda subterránea, los trinos de los pájaros jubilosos estremecían sus embotados oídos casi como un griterío. Saltando con las cuatro patas a la vez, agitado por la alegría de vivir y saboreando las delicias de la primavera sin la preocupación de la limpieza, cruzó la pradera hasta alcanzar el seto por el otro lado.

—¡Alto! —exclamó un conejo ya mayor en el portillo—. Hay que pagar seis peniques para poder utilizar este pozo privado.

En un abrir y cerrar de ojos, se vio derribado por el Topo, impaciente y despectivo, que siguió trotando a lo largo de la cerca, burlándose de los demás conejos, que se apresuraron a asomarse a sus madrigueras para averiguar la razón de tal alboroto.

—¡Salsa de cebollas! ¡Salsa de cebollas! —les decía mofándose de ellos y desapareciendo antes de que se les pudiese ocurrir una respuesta adecuada.

Todos empezaron a quejarse mutuamente:

—¡Qué estúpido eres! ¿Por qué no le has dicho...?

—Bueno, ¿por qué no le dijiste tú que...?

—Debieras haberle recordado...

Y otras cosas por el estilo, como de costumbre; pero, por supuesto, era ya demasiado tarde, como siempre suele ocurrir.

Todo parecía demasiado hermoso para ser real. Vagó rápidamente por la pradera, a lo largo de los setos vivos, cruzando los matorrales. Por todas partes hallaba pájaros construyendo sus nidos, plantas que echaban capullos, hojuelas que surgían: todo feliz, progresivo y atareado. Y en vez de sentir el reproche de su conciencia con un susurro interior que le recordase: «¡Sigue blanqueando paredes!», experimentaba el alborozo de ser el único haragán entre los activos ciudadanos. Después de todo, la parte mejor de una vacación no consiste tanto en descansar como en ver lo atareados que andan los demás.

Le pareció alcanzar el colmo de la felicidad cuando, errando sin objeto por la campiña, se encontró de pronto frente a un ancho río. Nunca hasta entonces había visto un río: aquel animal sinuoso y robusto, persiguiendo y sonriendo entre dientes, cogiendo las cosas y dejándolas con una risa, para lanzarse tras nuevos objetos de juego que consiguen libertarse y a los que vuelve a agarrar. Todo era zarandeo y temblor: reflejos, brillos y chispas, roces y remolinos, parloteos y burbujas. El Topo se sentía hechizado, extático, fascinado. Trotaba junto al río como lo hacemos de pequeños al lado de un hombre que nos tiene pendientes de sus labios, refiriéndonos historias emocionantes. Cuando al fin se cansó, se sentó en la ribera, mientras el río seguía charlando con él, pasando como un murmurante cortejo de los mejores cuentos del mundo, surgidos del corazón de la tierra para ser narrados al fin a mar insaciable.

Mientras estaba sentado sobre la hierba y miraba a través del río, le llamó la atención un oscuro agujero en la otra orilla,

casi a ras del agua. Como en sueños empezó a considerar lo encantadora y cómoda que sería aquella mansión para un animal con pocas necesidades y deseoso de poseer una linda residencia fluvial, al abrigo de inundaciones y lejos del ruido y del polvo. Mientras estaba mirando, una viva lucecita pareció parpadear en el fondo, se desvaneció y volvió luego a temblar como una pequeña estrella. Pero difícilmente podía haber allí una estrella. Y era demasiado pequeña y rutilante para que fuese una luciérnaga. Luego, sin que él dejase de observar, le hizo un guiño, con lo que se vio que era un ojo. Y un pequeño rostro empezó a formarse en torno suyo, como el marco de un cuadro.

Era una carita rubia, con patillas.

Un rostro grave y redondo, con el mismo guiño que desde el principio había atraído la atención del Topo.

Tenía unas orejas pulcras y menudas y un pelo espeso y sedoso.

¡Era el Ratón de Agua!

Los dos animales, de pie, se miraron con precaución.

—¡Hola, Topo! —dijo el Ratón de Agua.

—¡Hola, Ratón! —dijo el Topo.

—¿Te gustaría venir? —preguntó el Ratón al cabo de un rato.

—¡Oh! ¡Es muy fácil *decirlo*! —contestó el Topo, más bien algo enojado, pues el río y la vida y costumbres de su orillas eran nuevos para él.

El Ratón no contestó.

Se inclinó, desató una cuerda y tiró de ella; luego, con pasos suaves, entró en una pequeña lancha que el Topo no había visto. Estaba pintada de azul por fuera y de blanco en el interior, y sólo cabían en ella dos bestezuelas. Aquel lindo bote conquistó en seguida el corazón del Topo, por más que no comprendía bien su utilidad.

El Ratón cruzó el río, remando con elegancia, y atracó en la otra orilla. Luego tendió una de sus patas delanteras al Topo, que bajó a la lancha cautelosamente.

—¡Apóyate ahí! —le dijo—. ¡Ahora! ¡Aprisa!

Y, con gran sorpresa y alborozo, se halló sentado en la popa de una lancha.

—¡Ha sido maravilloso! —exclamó, mientras el Ratón apartaba la lancha de la orilla y volvía a empuñar los remos—. ¿Sabes? En mi vida, yo no había estado jamás en un bote.

—¡Cómo! —exclamó el Ratón sorprendido—. ¿Nunca has estado en un ...? ¿Nunca?... ¡Vaya! ¿Qué has estado haciendo, pues?

—¿Es que es tan hermoso? —preguntó tímidamente el Topo, aunque estaba muy dispuesto a creerlo, arrellanándose en su asiento y contemplando los almohadones, los remos, las chumaceras y todo el fascinador aparejo, mientras sentía mecerse suavemente la lancha.

—¿Que si es hermoso? ¡*Nada* hay como esto! —dijo con solemnidad el Ratón de Agua, inclinándose hacia delante para bogar—. Créeme, amigo: *nada* hay, absolutamente, que valga ni la mitad de lo que vale el pasear en un bote. Sólo ir paseando —añadió como en sueños—; paseando en un bote; paseando...

—¡Mira frente a ti! —exclamó de pronto el Topo.

Era demasiado tarde: la lancha dio un topetazo contra la

orilla. El soñador, el alegre remero, yacía de espaldas en el fondo del bote, con las patas al aire.

—...Bueno, también las lanchas... ya ves —prosiguió tranquilamente el Ratón, levantándose con agradable sonrisa—. Dentro o fuera de ella, no importa. Nada parece importar, y en eso consiste el hechizo. Da lo mismo marchar o estarse quieto, llegar al destino o a algún otro lugar, o tal vez a ninguna parte. Lo cierto es que se está siempre atareados y nunca se hace nada en concreto; y, cuando se acaba el trabajo, siempre hay algo más que hacer, y uno puede hacerlo si le apetece, aunque es mejor dejarlo. Mira, si esta mañana no tienes nada entre manos, podríamos bajar por el río y pasar todo el día de excursión.

El Topo agitó los dedos de los pies, de puro alborozo, ensanchó su pecho con un suspiro de felicidad y se reclinó, arrobado, en los mullidos almohadones.

—¡Qué día estoy pasando! —exclamó—. ¡Vámonos en seguida!

—¡Espera un poco! —dijo el Ratón .

Pasó la amarra por una anilla de su embarcadero, subió a su guarida y volvió a aparecer al poco rato, llevando con paso inseguro una gran cesta de mimbres.

—Guarda esto bajo su asiento —dijo el Ratón mientras la dejaba en el bote. Luego desató la amarra y volvió a coger los remos.

—¿Qué hay dentro? —preguntó el Topo, lleno de curiosidad.

—Fiambre de gallina —contestó brevemente el Ratón—. Fiambre - de - lengua - fiambre - de - jamón - fiambre - de - buey - trucha - en - escabeche - ensalada - panecillos - berros - emparedados - albóndigas - cerveza - de - jengibre - gaseosa - sifón...

—¡Oh! ¡Basta! ¡Basta! —exclamó el Topo, en éxtasis—. ¡Es demasiado!

—¿Estás convencido? —preguntó muy serio el Ratón—. Es lo que acostumbro a llevar para estas pequeñas excursiones. Los demás animales dicen que soy muy roñoso y no suelto nada.

El Topo no le escuchaba. Contemplaba absorto aquella vida nueva que acaba de descubrir y, embriagado del centelleo, los rizos del agua, los perfumes, los sonidos y la luz del sol, hundía en el río una de sus garras y soñaba con los ojos abiertos. El Ratón de Agua, como buen compañero, seguía bogando y procuraba no interrumpirle.

—Me encanta tu traje, amigo —observó al cabo de media hora—. Algún día, cuando mis fondos me lo permitan, también adquiriré un terno negro de terciopelo.

—Perdona —dijo el Topo, volviendo en sí no sin esfuerzo—. Me juzgarás mal educado, pero ¡todo esto es tan nuevo para mí! ¿Conque... esto es... un río?

—*El* río —rectificó el Ratón.

—¿Vives de veras junto al río? ¡Qué vida más feliz!

—Vivo junto, con, sobre y en el río —dijo el Ratón—. Es mi hermano y mi hermana, mi tía y mi compañero, bebida y manjar y, naturalmente, lugar donde lavarme. Es mi mundo, y no deseo otro. Lo que no hay en él no es digno de poseerse, y no vale la pena saber lo que él ignora. ¡Cómo hemos gozado juntos! En invierno o verano, en otoño o primavera, tiene siempre sus emociones y encantos. Durante los desbordamientos de febrero, cuando los sótanos y el piso bajo rebosan de una bebida que no es buena para mí y el agua parda salta por la ventana de mi mejor dormitorio; o cuando se aparta y deja al descubierto manchones de barro que huelen a tarta de ciruelas, y los juncos y hierbajos cierran los canales, y puedo recorrer a pie enjuto casi todo el lecho del río, recogiendo alimento fresco y lo que la gente descuidada ha dejado caer de los botes...

—Pero ¿no resulta a veces algo aburrido? —se atrevió a preguntar el Topo—. Sólo tú y el río, sin nadie más con quien charlar...

—¿Sin nadie más? Bueno; no quiero replicarte —dijo con indulgencia el Ratón—. Eres nuevo en estos lances y, por supuesto, lo ignoras. Tan poblada está hoy la orilla, que muchos ya empiezan a marcharse. ¡Oh! ¡Hoy ya no es como en otros tiempos! Nutrias, martines pescadores, colimbos, cercetas... Se pasan el día entero yendo de acá para allá y siempre pidiéndote que les hagas algo. ¡Como si no tuvieses ya bastante que hacer!

—¿Qué hay *allí*? —preguntó el Topo, señalando con la garra un fondo de bosque que encuadraba sombríamente las praderas a un lado del río.

—¿Aquello? Es sólo el bosque —contestó rápidamente el Ratón—. Los que vivimos en la ribera no solemos ir allí muy a menudo.

—¿Es que... es que allí no hay personas buenas? —preguntó el Topo algo inquieto.

—Bien —contestó el Ratón—. Veamos. Las ardillas son de fiar. También los conejos..., pero sólo algunos, porque andan muy mezclados. Existe, además, el Tejón. Vive en medio del bosque y no viviría en ningún otro sitio, aunque se lo pagaran. ¡Menudo, ese Tejón! Nadie le molesta. Y es mejor que no lo hagan —añadió sonriendo.

—¿Quién podría molestarle? —preguntó intrigado el Topo.

—Por supuesto, hay también otras bestias —explicó, titubeando, el Ratón—. Comadrejas, armiños, zorros y demás. Todos son correctos en cierto modo y estamos en buenas relaciones... Pasamos un rato agradable cuando nos encontramos, y charlarmos sobre mil cosas. Pero a veces se ponen raros, no puede negarse, y entonces no son de fiar: así están las cosas.

Sabía muy bien el Topo que es contrario a las buenas maneras del mundo animal insistir sobre las molestias que pueda reservar el futuro y hasta referirse a ellas. Por ello, prefirió cambiar de tema.

—Y más allá del bosque, ¿qué hay? —preguntó—. Allí donde todo es azul y borroso y se ven como unos montes, o tal vez no lo son, y hay algo que parece el humo de las ciudades... ¿O serán acaso nubes?

—Más allá del bosque está el mundo —contestó el Ratón—. Y eso no nos importa ni a ti ni a mí. No he estado allí nunca ni pienso ir. Creo que tampoco irás tú, si tienes seso. Te agradeceré que no vuelvas a mencionarlo. ¡Bueno! Aquí está al fin nuestro remanso, donde vamos a almorzar.

Dejando el cauce principal, entraron en lo que a primera vista parecía un pequeño lago rodeado de tierra. El verde césped

cubría sus orillas hasta rozar el agua. Pardas raíces como culebras brillaban bajo la mansa superficie, y, frente a ellos, el plateado lomo y el espumante hervor de una presa, junto con la
rueda de un molino, incansable y goteante, sobre la cual se levantaba un edificio de grises aleros, llenaban el aire de un murmullo apagado y monótono, punteado de vez en cuando por unas
claras y alegres vocecillas. El espectáculo resultaba tan hermoso
que el Topo sólo acertó a decir, casi sin aliento, levantando las
patas delanteras:

—¡Oh! ¡Qué encanto! ¡Qué encanto!

El Ratón condujo el bote a lo largo de la orilla, lo amarró,
ayudó a desembarcar al Topo, bastante torpe aún, y, con un rápido movimiento, descargó la cesta de la comida. El Topo pidió
como especial favor que le dejase deshacer los paquetes, a lo
que asintió el Ratón muy complacido, y se tumbó sobre el césped para descansar, mientras su entusiasmado amigo sacudía

los manteles y los extendía en el suelo, cogía uno a uno los misteriosos paquetes y ordenaba su contenido, murmurando: «¡Qué maravilla!», a cada nueva revelación. Cuando todo estuvo dispuesto, el Ratón le dijo:

—¡Ahora puedes ya ponerte a comer, amigo!

El Topo obedeció alborozado, pues había empezado su limpieza primaveral muy de mañana, y no se había parado para tomar un bocado ni para probar un simple plato de sopa. Además, desde entonces había transcurrido mucho tiempo, que parecía como si hiciera ya varios días.

—¿Qué miras? —le preguntó el Ratón, apagada ya un poco el hambre, mientras el Topo parecía ya algo distraído.

—Una línea de burbujas que circula por la superficie del agua —contestó éste—. Me parece divertido.

—¿Burbujas? ¡Vaya! —dijo el Ratón, y chascó la lengua jovialmente.

Un chato y luciente hocico apareció junto a la ribera, y la Nutria surgió del río, sacudiéndose el agua de la piel.

—¡Mendigos voraces! —observó, contemplando las provisiones—. ¿Por qué no me has invitado, amigo Ratón?

—Ha sido una cosa improvisada —explicó el interpelado—. A propósito... Te presento a mi amigo el señor Topo.

—Encantado —dijo la Nutria, y los dos animales simpatizaron en seguida.

—¡Qué batahola por todas partes!— prosiguió la Nutria—. Hoy parece que todo el mundo se ha echado al río. Me vine a este remanso para gozar de un poco de paz, y tropiezo aquí con vosotros... Bueno, no os molestéis... No lo he dicho con mala intención.

Se oyó un leve crujido a su espalda surgiendo de un seto donde había un montón de hojas marchistas. Una listada cabeza, seguida de anchos hombros, se asomó a mirarlos.

—¡Ven, viejo Tejón! —le gritó el Ratón acuático.

El Tejón avanzó dos o tres pasos al trote. Luego gruñó:

—¡Hum! ¡Hay gente! —Volvió la espalda y desapareció.

—¡Así es él! —observó el Ratón desilusionado—. ¡No puede

sufrir la compañía! En todo el día volveremos a verlo. Bueno,
dinos: ¿quién anda por el río?

—El Sapo, naturalmente —contestó la Nutria—. Va en su
bote nuevecito con remos y todo nuevo.

El Ratón y la Nutria se miraron y se echaron a reír.

—Al principio nada le interesaba más que navegar a la vela
—dijo el Ratón—. Luego se cansó e iba siempre en batea. Nada
le gustaba sino ir, día tras día, en un barquito de fondo llano,
¡y no alborotaba poco con su capricho! El año pasado se dedicó
a vivir en una casita flotante, y todos tuvimos que pasar unos
días en ella, simulando que nos encantaba. Al parecer, iba a ha-
bitar el resto de su vida en una morada así. Pero con todo lo que
empieza ocurre lo mismo: se cansa y va por otra cosa.

—Con todo, es muy buen vecino —observó pensativa, la Nutria—. Pero no tiene mucha estabilidad, ¡sobre todo en un bote!

Desde donde estaban divisaban un trozo de la corriente principal, por encima de la isla que de ella los separaba.

En aquel instante apareció un bote, cuyo remero, de rechoncha figura, bogaba muy mal y se balanceaba mucho, afanándose
de lo lindo. El Ratón se levantó y le dirigió un saludo, pero el

23

Sapo —ya que justamente de él se trataba— denegó con la cabeza y siguió remando con toda gravedad.

—¡Se caerá al agua de un momento a otro si se balancea así! —exclamó el Ratón, volviendo a sentarse.

—Claro que sí —dijo la Nutria, riendo entre dientes—. ¿No te he contado nunca aquella divertida anécdota del Sapo y el guardián? Ocurrió así. El Sapo...

Una errante libélula se deslizó insegura contra la corriente, con la embriaguez peculiar de las libélulas jovencitas que se lanzan a la vida. Un remolino, ¡clup!, y el insecto desapareció.

También había desaparecido la Nutria.

El Topo miró hacia abajo. La voz de la Nutria resonaba aún en sus oídos, pero en el césped por donde se había arrastrado no había nadie. Hasta donde alcanzaba a ver, no aparecía Nutria alguna.

Pero no tardó en surgir una línea de burbujas en la superficie del río.

El Ratón tarareó algo, y el Topo recordó que no es de buen tono entre animales comentar la súbita desaparición de un amigo, cualquiera sea la razón de ella.

—Bueno, bueno —dijo el Ratón—. Creo que deberíamos marcharnos. ¿Quién arreglará la cesta?

Por el modo como lo preguntó, se advertía que no sentía el menor deseo de hacerlo él mismo.

—¡Permite que me encargue yo de este trabajo! —pidió el Topo.

Naturalmente, el Ratón asintió.

Hacer los paquetes no resultó tarea tan agradable como deshacerlos. Pero el Topo estaba en disposición de gozar de todo. Cuando tuvo la cesta arregladita y bien atada, vio un plato que parecía mirarle desde el césped, y, terminada de nuevo la labor, el Ratón le indicó un tenedor que debiera haber visto cualquiera. Por fin, ¡vaya!, el tarro de mostaza, en el que se sentaba sin saberlo... Pero, sea como fuere, logró terminar el trabajo sin gran molestia.

El sol estaba ya muy bajo cuando el Ratón remó suavemente hacia su hogar, como en sueños, murmurando versos y sin prestarle mucha atención al Topo. Este se sentía muy saciado con la sabrosa comida, y no menos satisfecho y orgulloso, y se figuraba hallarse en el bote como en su propia casa. Además, se movía mucho, y dijo, al fin:

—¡Ratoncito! ¡Déjame remar!

El Ratón denegó con la cabeza, sonriendo:

—Todavía no, amigo —contestó—. Primero he de darte algunas lecciones. No es tan fácil como parece.

El Topo permaneció quieto unos minutos. Pero empezó a tenerle más y más envidia al Ratón, que remaba con tal energía y facilidad, y su orgullo empezó a susurrarle que lo haría con igual destreza. De pronto, dio un salto y agarró los remos tan súbitamente, que el Ratón, que contemplaba el agua y seguía recitando versos, cogido por sorpresa, se cayó patas arriba por segunda vez, mientras el triunfante Topo ocupaba su sitio y asía los remos con toda confianza.

—Suéltalos, borrico —exclamó el Ratón desde el fondo del bote—. ¡No sabes! ¡Vas a tirarnos al agua!

El Topo echó hacia atrás los remos haciendo una filigrana y se inclinó vivamente. Pero no logró alcanzar la superficie del agua, le volaron las piernas sobre la cabeza y fue a dar con su cuerpo sobre el Ratón caído. Muy asustado, se aferró a la borda del bote y, un momento después, ¡plas!, se volcó la lancha y el Topo se vio luchando en el río.

¡Cielos! ¡Qué fría estaba el agua! ¡Qué mojado se sentía! ¡Cómo le cantaba en el oído mientras se iba hundiendo, hundiendo, hundiendo más y más! ¡Qué brillante y agradable el sol, cuando el Topo consiguió surgir a la superficie, tosiendo y balbuciente! ¡Qué negra desesperación al notar que se hundía de nuevo! Pero entonces una firme garra lo asió por el cogote. Era el Ratón, y resultaba evidente que se reía. El Topo notaba la leve vibración de la risa en la pata y la garra de su salvador comunicándose a su propio cuello.

El Ratón cogió un remo y lo puso bajo una de las patas delanteras del Topo. Luego, él se adaptó uno, por el otro lado, y nadando detrás, empujó al inerme animal hasta la orilla, lo izó y lo dejó en el suelo, hecho un guiñapo.

Cuando el Ratón le frotó un poco y le quitó algo de humedad, le dijo:

—¡Anda, amigo! Trota tan aprisa como puedas hasta secarte y entrar en calor, mientras me zambullo para buscar la cesta.

El alicaído Topo, mojado por fuera y avergonzado por dentro, trotó de acá para allá hasta que estuvo bastante seco, mientras el Ratón volvía a zambullirse, recobraba el bote, lo ponía en posición normal y lo amarraba, tras lo cual fue llevando poco a poco a la playa su flotante propiedad y se sumergió de nuevo en busca de la cesta, que con bastante dificultad logró conducir hasta la orilla.

Cuando todo estuvo dispuesto otra vez, el Topo débil y abatido, se sentó en lo popa del bote. Al emprender la marcha, dijo en voz baja y quebrada por la emoción:

—¡Ratoncito amigo! Me duele haberme portado como un insensato desagradecido. Se me encoge el corazón al pensar que por culpa mía hubieras podido perder esta hermosa cesta. Sé muy bien que he obrado como un borrico. ¿Querrás disimularlo y perdonarme, dejando las cosas como antes?

—¡No te preocupes, muchacho! —contestó jovialmente el Ratón—. ¿Qué le importa algo más de humedad a un Ratón acuático? La mayoría de los días me paso más tiempo en el agua que fuera de ella. ¡Olvídate de lo ocurrido y escúchame! Creo que lo mejor sería que pasases una temporada conmigo. Mi casa es muy sencilla y tosca (no se parece en nada a la del Sapo), pero no las has visto aún, y ya procuraré que estés cómodo. Te enseñaré a remar y a nadar, y no tardarás en sentirte tan a tus anchas en el agua como cualquiera de nosotros.

Tanto se conmovió el Topo ante aquella afabilidad, que se le quebró la voz y tuvo que secarse un par de lágrimas con el dorso de la garra. Pero el Ratón apartó la vista bondadosamente y, al poco rato, el Topo recobró la presencia de ánimo y hasta tuvo suficiente serenidad para atajar las risotadas de un par de cercetas que se burlaban de su lamentable aspecto.

Cuando llegaron a casa, el Ratón encendió una gran lumbre en el vestíbulo e instaló al Topo en una butaca, junto al hogar, después de proporcionarle un batín y unas zapatillas, y le contó historias fluviales hasta la hora de la cena. Todas eran muy emocionantes para un animal terrestre como el Topo. Anécdotas sobre presas, cascadas profundas, saltos con pértiga y buques que arrojaban duras botellas (era cierto, por lo menos, que las botellas surgían de los barcos, por lo que, probablemente, las arrojarían *ellos*). Historias sobre garzas y sobre el remilgado modo como eligen a sus interlocutores. Aventuras vividas en el fondo de las acequias, pescas nocturnas con la Nutria o excursiones con el Tejón por la lejana campiña. La cena resultó muy animada; pero, poco después, el soñoliento Topo tuvo que ser acompañado al piso por su afable anfitrión y dejado en el mejor dormitorio, donde no tardó en reclinar la cabeza sobre la almohada con gran paz y contento, sabiendo que su nuevo amigo el Río lamía el alféizar de su ventana.

Aquél fue sólo el primero de muchos días similares que vivió el emancipado Topo. Eran días cada vez más largos e interesantes a medida que el verano avanzaba hacia su plenitud.

Aprendió a nadar y a remar y participó en la alegría del agua; y, a fuerza de acercar el oído a las cañas, logró percibir, a intervalos, algo de lo que les contaba el viento con su incesante murmullo.

2. En campo abierto

—Ratoncito —dijo de pronto el Topo una espléndida mañana de estío—, quisiera pedirte un favor.

El Ratón estaba sentado a la orilla del río, entonando una
cancioncilla. Acababa de componerla, de modo que estaba muy
embebido en ella y no prestaba mucha atención al Topo ni a
nada. Desde las primeras horas de la mañana estuvo nadando en
el río con sus amigos, los ánades. Cuando éstos se ponían súbitamente de cabeza, como suelen hacer, se zambullía y les hacía
cosquillas en el cuello, en el sitio donde tendrían el mentón si
lo tuvieran los patos, hasta obligarlos a subir apresuradamente
a la superficie, balbucientes y airados y agitando las plumas en
pos del Ratón, pues es imposible decir todo lo que uno siente
cuando se tiene la cabeza debajo del agua. Al fin le suplicaron
que se fuera y se ocupase de sus asuntos, pues ya cuidarían ellos
de los propios. Marchóse, pues, el Ratón, se sentó en la soleada
orilla v compuso una canción sobre los ánades, que llamó

ROMANCE DE LOS PATOS

Sobre las aguas del río
los patos vienen nadando,
erguidos entre los juncos
y con las colas en alto.

Ocupan el ancho río
colas y colas de patos,
ágiles pies amarillos,
picos y picos dorados.

Entre el musgo verdinegro,
por donde nada el escarcho,
fría, repleta y oscura
nuestra despensa guardamos.

¡Cada cual tiene su gusto!
Y a nosotros nos ha dado
por zambullir la cabeza
con la cola bien en alto.

En el aire los vencejos
revolotean chillando,
y nosotros en el río
jugamos, la cola en alto.

—Me atrevería a decirte, amigo Ratón, que no me entusiasma mucho esa canción —observó con prudencia el Topo.

El no era poeta y no le importaba que se supiese; por lo demás, era también algo ingenuo.

—Tampoco les entusiasma a los patos —contestó sonriendo el Ratón—. Dicen: «¿Por qué no nos dejan hacer lo que queremos, cuando y como nos apetezca, en vez de espiarnos desde la orilla, componiendo observaciones y poesías sobre nosotros? ¡Qué insensatez!» Eso es lo que dicen los patos.

—Tienen razón, sí señor —dijo el Topo con toda el alma.

—¡No la tienen! —exclamó, indignado, el Ratón.

—Bueno, no la tienen —asintió el Topo para calmarlo—. Pero quería preguntarte por qué no me llevas a casa del señor Sapo. He oído hablar mucho de él y tengo muchas ganas de conocerlo.

—Ya iremos, no te preocupes —asintió bondadoso el Ratón, levantándose de un salto y olvidando por aquel día los versos—. Saca el bote y bogaremos hacia allí en seguida. A todas horas puede visitarse al Sapo. Sea tarde o temprano, siempre es el mismo. ¡Siempre está de buen humor, siempre está contento de acogerte, siempre se queda triste cuando te marchas!

—Será una bestezuela muy agradable —observó el Topo, entrando en el bote y empuñando los remos, mientras el Ratón se instalaba cómodamente en la popa.

—Es el mejor de los animales —contestó el Ratón— ¡Tan sencillo, tan bueno y afectuoso! Tal vez no sea muy inteligente, pero tampoco podemos ser todos genios. Acaso sea también algo jactancioso y presumido. Pero posee grandes cualidades.

Siguiendo una curva del río, avistaron una bella y majestuosa mansión antigua, de ladrillo rojo, con cuidado césped que llegaba hasta el agua.

—Aquélla es la casa del Sapo —dijo el Ratón—, y esa cala de la izquierda, con el rótulo que dice *Propiedad privada*: *no se permite atracar*, conduce a su embarcadero, donde dejaremos el bote. Las cuadras están allí, hacia la derecha. Lo que estás mirando es el salón de banquetes. Por cierto, muy antiguo. El Sapo es bastante rico, y ésta es una de las mejores residencias de la región, aunque nunca se lo confesamos al propietario.

Se deslizaron por la caleta, y el Topo guardó los remos en la lancha al pasar bajo la sombra de una gran casilla de botes. Allí vieron gran variedad de ellos, unos colgados de las vigas, otros colocados sobre un deslizador, pero ninguno en el agua. El lugar tenía el aspecto de ser poco frecuentado, de estar casi abandonado.

El Ratón miró a su alrededor.

—Ya lo comprendo —observó—. Se acabó lo de los botes. Se ha cansado del juego y nada quiere saber ya de él. ¿Qué otro capricho tendrá ahora? Anda, vamos a verlo allá arriba. No tardaremos en enterarnos.

Desembarcaron y cruzaron el alegre césped cuajado de flores, en busca del Sapo. Lo hallaron al poco rato sentado en un sillón de mimbres, con preocupada expresión y un gran mapa extendido sobre las rodillas.

—¡Hola! —exclamó, levantándose de un brinco al verlos—. ¡Qué grata sorpresa! —Les estrechó efusivamente las garras, sin esperar a que el Topo le fuera presentado—. ¡Qué amables sois! —prosiguió, danzando en torno de los recién llegados—. Me disponía a enviar un bote río abajo, Ratoncito, con severas órdenes para que te trajeran en seguida, cualquiera que fuese tu ocupación. Me hacéis mucha falta... Sí, los dos. ¿Qué tomáis? ¡Pasad y tomad algo! ¡No sabéis lo oportuna que me resulta vuestra llegada!

—Permítenos descansar un momento —dijo el Ratón dejándose caer en una mecedora, mientras el Topo se instalaba en otra junto a él y aludía cortésmente a la *deliciosa residencia* del Sapo.

—¡Es la mejor casa del río! —exclamó jactanciosamente el Sapo—. Y, si bien se mira, la mejor del mundo —añadió.

El Ratón tocó al Topo con el codo. El Sapo lo vio, por desgracia, y se puso muy colorado. Hubo unos momentos de penoso silencio. Luego el Sapo se echó a reír.

—¡No te preocupes! —exclamó—. Ya sabes que soy así. La casa, en fin de cuentas, no es mala del todo, ¿verdad? No puedes negar que te gusta bastante. Y, ahora, escuchadme. Tengamos juicio. Sois precisamente los animales que necesitaba. Me interesa vuestra ayuda para algo importantísimo.

—Te referirás a tu modo de remar, supongo —dijo el Ratón, con aire ingenuo—. Lo haces ya bastante bien, aunque le pegas al agua con demasiada fuerza. Con mucha paciencia y algunas pocas lecciones conseguirás…

—¡Bah! ¡Ir en bote! —le interrumpió el Sapo con aire de

disgusto—. Es diversión de niños, simple bobada. Hace ya una eternidad que he dejado eso. Es perder miserablemente el tiempo. Me da mucha pena ver cómo vosotros, que debierais tener mejor juicio, malgastáis las energías tan inútilmente. Yo he descubierto lo interesante de veras, la única ocupación digna de colmar una vida: pienso dedicarle el resto de mis días y no sabéis cómo me duelen los años derrochados en bagatelas. Ven, Ratoncito, y que nos acompañe también tu afable amigo hasta el patio de la cuadra... ¡Allí veréis algo bueno!

Abrió la marcha y el Ratón lo siguió con expresión de desconfianza. Fuera de la cuadra, vieron un coche de los que usan los volatineros, recién estrenado, pintado de amarillo claro, con rayas verdes y ruedas rojas.

33

—¡Ahí lo tenéis! —exclamó el Sapo, plantándose con las piernas muy abiertas y henchido de satisfacción—. Este pequeño carruaje os ofrece una auténtica vida. ¡Las anchas rutas, la carretera polvorienta, el brezal, los pastos comunes, los setos vivos, los montes quebrados, las ciudades y villas! ¡Viaje, cambio, interés, emoción! ¡Todo el mundo ante vosotros y un horizonte siempre nuevo! Y fijaos bien: éste es el mejor coche de su clase, sin excepción alguna. Entrad y veréis cómo está dispuesto. ¡Lo planeé yo mismo! ¡Todo lo he hecho yo!

El Topo, muy interesado y excitadísimo, lo siguió anhelante por la escalera y el interior del carruaje. Pero el Ratón se limitó a soltar un ronquido y, hundiendo más las manos en las faldriqueras, permaneció inmóvil.

El espacio estaba muy bien aprovechado. Todo resultaba muy cómodo. Había pequeñas literas, una mesita plegable adosada a la pared, un fogón, armarios, estantes para libros, una jaula con un pájaro. Ni siquiera faltaban ollas, sartenes, jarros y cazos de todos los tamaños y formas.

—Aquí no falta nada —exclamó triunfalmente el Sapo, abriendo un cajón—. Como veis, hay bizcochos, langosta en escabeche, sardinas: cuanto uno pueda apetecer. Aquí el sifón, allí el tabaco, papel de cartas, tocino, jamón, naipes y dominós... Observarás —prosiguió— que nada se ha olvidado aquí cuando emprendamos la marcha esta tarde.

—Perdona —dijo lentamente el Ratón, masticando una paja—, me ha parecido que hablabas *en plural* y que te referías a *emprender y esta tarde*.

—Por favor, amigo Ratón —imploró el Sapo—, no empieces a hablar con ese empaque y esos resoplidos despectivos; ya sabes que *tienes* que venir. No puedo prescindir de ti. Conque, asunto concluido, y no se discuta más. Es lo único que no aguanto. No irás a quedarte siempre en tu viejo río mohoso, metido en un agujero de la orilla y paseando en bote... ¡Quiero mostrarte el mundo! ¡Voy a hacer de ti una bestia cabal!

—No me interesa —dijo tercamente el Ratón—. No iré. Mi

respuesta es rotunda. Permaneceré en mi viejo río, viviré en un agujero y me pasearé en bote, como siempre. Más aún: el Topo se quedará conmigo y hará lo que yo haga, ¿verdad, Topo?

—Claro que sí —asintió el otro—. Siempre me tendrás a tu lado, y haré lo que tú digas. Sin embargo, parece que hubiera sido..., bueno, algo divertido, ¿no crees? —añadió, pensativo.

¡Pobre Topo! La vida aventurera era nueva y emocionante para él, y aquel inesperado viaje resultaba muy tentador. Además, se había enamorado en seguida de la carreta de color amarillo con todo su aparejo.

El Ratón adivinó sus reflexiones y empezó a vacilar. Le dolía desilusionar a la gente y, como el Topo le inspiraba amistad, estaba dispuesto a hacer cualquier cosa para complacerle. El Sapo los observaba atentamente.

—Entrad y comed algo —dijo con diplomacia—, y trataremos del asunto. No es indispensable decidir las cosas apresuradamente. Es más, no lo quiero. Sólo deseo complaceros. *¡Vive para los demás!*, es mi lema.

Durante la comida, que fue excelente, como todo lo de la mansión del Sapo, el dueño de la casa les abrió el corazón. Descuidando un poco al Ratón, se dedicó a tañer al incauto Topo como si fuera un arpa. Voluble de suyo y dominado siempre por la imaginación, pintó con tan vivos colores las perspectivas del viaje y los regocijos de la vida al aire libre y por las carreteras, que el Topo, de tan excitado, apenas lograba estarse quieto en la silla. Sea como fuere, no tardaron en dar los tres por sentado que se emprendería el viaje. Y el Ratón, si bien estaba poco convencido, permitió que se sobrepusiera su bondad a sus personales reservas. No se atrevía a desengañar a sus dos amigos, que andaban ya muy metidos en proyectos y esperanzas, planeando circunstanciadamente las ocupaciones del día para varias semanas.

Cuando estuvieron dispuestos, el triunfante Sapo condujo a sus compañeros a la dehesa y les pidió que capturasen al viejo caballo gris. Sin previa consulta y con gran apuro por su parte, el Sapo había confiado su proyecto de encargarle la parte más polvorienta de la tarea en aquella expedición. Prefería, a todo, la dehesa, y costó mucho apresarlo. Entre tanto, el Sapo atiborró todavía más los armarios con mil cosas, y colgó debajo del carro algunos morrales, ristras de cebollas, haces de heno y canastas. Por fin cogieron al jamelgo, le pusieron los arreos y emprendieron la marcha, hablando todos a la vez. Caminaban junto al vehículo o se sentaban en las varas, según les apetecía.

Era una tarde espléndida. El olor del polvo que levantaban era intenso y agradable. En los densos huertos que bordeaban la ruta gorjeaban los pájaros y les dedicaban alegres silbidos. Afables viandantes con los que se cruzaban les daban los buenos días o se detenían para elogiar su bello carruaje. Los conejos, sentados en el umbral de sus guaridas en los setos, levantaban las patas con admiración exclamando: *¡Cielos! ¡Qué carroza!*

Al atardecer, cansados, felices y a muchas millas de casa, se pararon para un pasto común, lejos del poblado. Soltaron al caballo para que paciese y cenaron sobriamente, sentados en el césped, junto al carro. El Sapo habló por los codos exponiéndoles sus proyectos para el futuro, mientras las estrellas se hacían más densas y esplendentes, y una luna amarilla, surgiendo súbitamente en el espacio, venía a acompañarlos y a escuchar su charla. Al fin se dirigieron a sus literas, en el interior del vehículo, y el Sapo, sacudiendo las patas, dijo, adormilado:

—¡Buenas noches, amigos! ¡Esta sí que es vida adecuada para un caballero! ¡Ya podéis hablar de vuestro viejo río!

—No hablo de mi río, ya los sabes —repuso el Ratón—, pero *me acuerdo* de él. No dejo de acordarme de él ni un momento.

El Topo surgió entre las sábanas, buscó la pata del Ratón en la oscuridad y le dio un apretón afectuoso:

—Haré lo que quieras, amigo —murmuró—. ¿Quieres que nos levantemos mañana muy temprano y volvamos a tu agujero del río?

—No, no; ya veremos —le susurró el Ratón—. Te lo agradezco, pero tengo que quedarme con el Sapo hasta que termine la excursión. No sería prudente dejarle solo. Además, no durará mucho, porque sus caprichos suelen ser breves. ¡Buenas noches!

De hecho, el fin del viaje estaba más próximo de lo que sospechaba el Ratón.

Tras tanto aire libre y tan vivas emociones, el Sapo durmió a pierna suelta, y a la mañana siguiente, por más que lo sacudieron, no lograron despertarlo. El Topo y el Ratón le dejaron seguir durmiendo y, mientras éste se cuidaba del caballo, encendía la lumbre y fregaba las tazas y platos que habían usado la noche anterior, preparando luego el desayuno, el Topo se dirigió a la aldea inmediata, que estaba bastante lejos, en busca de leche, huevos y otras provisiones que el Sapo olvidó poner en su despensa. Había terminado ya la dura labor y las dos bestezuelas descansaban, rendidas, cuando apareció el Sapo, lozano y alegre, observando lo muy placentera que era aquella vida tras las molestias y fatigas del hogar.

Aquel día vagaron agradablemente por herbosas colinas y por angostos caminos y acamparon, como antes, para un pasto común. Pero esta vez los dos invitados tuvieron buen cuidado de que el Sapo compartiera su trabajo. A consecuencia de ello, cuando a la mañana siguiente llegó la hora de ponerse en marcha, el Sapo no estaba ya tan entusiasmado e intentó meterse otra vez en la litera, de donde lo sacaron a viva fuerza. Cruzaron la campiña por estrechos senderos, y hasta la tarde no alcanzaron por primera vez la carretera. Allí, rápido e inesperado, les sobrevino el desastre, un desastre grave de veras para la expedición y de terribles efectos para el futuro del Sapo.

Avanzaban sin tropiezo por la carretera, el Topo junto a la cabeza del caballo y charlando con él, pues el pobre animal se había lamentado de que lo dejaban muy solo, sin prestarle atención alguna, y el Sapo y el Ratón caminaban detrás del carro, conversando también. Por lo menos, hablaba el Sapo. El Ratón se limitaba a comentar, de vez en cuando: «Así fue, precisamente. Y tú, ¿qué le dijiste?», pensando en cosas muy distintas, cuando, muy lejos, a su espalda, oyeron un vago rumor como el distante zumbido de una abeja. Al volver el rostro vieron una nubecilla de polvo, con un oscuro centro de energía, que avanzaba hacia ellos a increíble velocidad, mientras surgía del polvo un vago ¡*pup, pup!*, como el quejido de un animal dolorido e inquieto. Sin apenas mirarlo, siguieron su interrumpida conversación, cuando en un instante (así les pareció, al menos) la apacible escena se transformó y, con una fuerte ráfaga y un fragor que les hizo brincar hacia la zanja inmediata, aquel monstruo se les echó encima.

El ¡*pup, pup!* les resonó en el oído como el estruendo de cien trompetas. Vieron por un momento un interior de relucientes cristales y de rica piel, y el magnífico automóvil, inmenso, sorprendente, apasionado, con su conductor tenso y abrazado al

volante, durante una fracción de segundo fue dueño y señor de la tierra y el aire, levantó una densa polvareda que los envolvió enteramente, y se convirtió luego en una motita perdida en la lejanía, trocado de nuevo en zumbante abeja.

El viejo caballo gris, que mientras se afanaba camino adelante, soñaba con su tranquila dehesa, al producirse aquella nueva e inesperada situación, se abandonó a sus espontáneas emociones. Encabritándose, hincando los cascos, retrocediendo tercamente, pese a los esfuerzos que hacía el Topo junto a su cabeza, apelando a sus buenos sentimientos con vívido lenguaje, empujó el carro hacia atrás, hasta la zanja que se abría junto al camino. Vaciló un instante el vehículo, se oyó un estrépito ensordecedor, y el carro de color amarillo claro, orgullo y alborozo del Sapo, quedó volcado irremediablemente en la zanja.

El Ratón saltó y bailoteó por la carretera, arriba y abajo, lleno de furia.

—¡Canallas! —gritaba, agitando los puños—. ¡Ruines! ¡Ladrones! ¡Perros de carretera! ¡Os haré aplicar la ley! ¡Os denunciaré! ¡Os llevaré a los tribunales!

No sentía ya la menor nostalgia de su hogar. Por el momento, era sólo el patrón de un bajel color amarillo, lanzado contra un bajío por el atolondramiento de unos marineros rivales, y procuraba recordar los mordaces insultos que solía soltar a los dueños de las lanchas de vapor cuando, al agitar el agua del río, pasando junto a la ribera, le mojaban la alfombra del zaguán.

El Sapo quedó sentado en medio de la polvorienta carretera, con las piernas estiradas y mirando fijamente el automóvil, que desaparecía a los lejos. Jadeaba, pero había en su rostro una expresión plácida y satisfecha, y, de cuando en cuando, murmuraba: «¡*pup, pup!*».

El Topo andaba muy ocupado procurando calmar al caballo, lo cual logró al fin. Luego fue a dar un vistazo al carro, tumbado en la zanja.

Era un espectáculo lamentable. Los cristales y ventanas estaban rotos. Los ejes, doblados sin remedio. Se había desprendido una rueda. Se veían latas de sardinas esparcidas por doquier. El pájaro sollozaba tristemente en su jaula, pidiendo que lo soltaran.

Acudió el Ratón para ayudarle, pero sus esfuerzos unidos no bastaron para levantar el vehículo.

—¡Oye, Sapo! —gritaron—, ¡ven a echarnos una mano!

El Sapo no contestó. Ni siquiera se movió de donde estaba sentado.

Se acercaron a ver lo que le ocurría. Lo encontraron como arrobado, el rostro iluminado por una sonrisa de felicidad, la mirada fija aún en la polvorienta estela de su destructor. De cuando en cuando murmuraba todavía: «¡*pup, pup!*».

El Ratón, cogiéndole por el hombro, lo zarandeó.

—¿Vienes o no a ayudarnos? —le preguntó, muy serio.

—¡Maravilloso, emocionante espectáculo! —murmuró el Sapo, sin mostrar el menor deseo de moverse—. ¡La poesía del transporte! ¡El único modo de viajar bien! ¡Hoy aquí y mañana tan lejos como si hubiese transcurrido una semana! ¡Qué delicia brincar sobre las aldeas, saltar por encima de villas y ciudades, siempre con nuevos horizontes! ¡Qué encanto...! *¡Pup, pup!*

—¡No sueltes ya más gansadas! —exclamó, desesperado, el Topo.

—¡Y pensar que lo ignoraba! —prosiguió el Sapo hablando

para sí—. ¡Pensar que pasé tantos años miserablemente sin saberlo, sin soñarlo siquiera! Pero, ahora que lo sé, me doy cuenta cabal de lo que significa. ¡Qué florido sendero se abre ante mí! ¡Qué nubes de polvo surgirán a mi paso! ¡Cuántos carros lanzaré a la zanja con mi magnífica arremetida! ¡Carritos asquerosos, vulgares, carritos color canario!

—¿Qué podemos hacer con él? —preguntó el Topo al Ratón.

—Nada —contestó el Ratón, con firmeza—, porque no hay nada que hacer. Hace tiempo que lo conozco. Ahora está enajenado. Le ha dado una nueva locura, y en la primera fase está siempre así. Seguirá varios días de este modo, como un animal que sueña despierto, lleno de felicidad, pero inútil para la vida práctica. Déjalo. Veamos lo que puede hacerse con el carro.

Un cuidadoso examen les demostró que, aunque lograran levantarlo, no podría ya viajar. Los ejes estaban perdidos sin remedio y la rueda suelta se hizo astillas.

El Ratón ató las riendas sobre el lomo del caballo y tiró del ronzal, llevando en la otra mano la jaula con su frenético ocupante.

—¡Vamos! —dijo melancólicamente al Topo—. Hay cinco o seis millas hasta el pueblo más cercano, y tendremos que recorrerlas a pie. Cuanto antes nos pongamos en marcha, mejor.

—Pero, ¿y el Sapo? —preguntó el Topo con ansiedad, cuando emprendieron el camino—. ¡No podemos dejarlo ahí, sentado en medio de la carretera, en este estado de enajenación! No es prudente. ¿Y si viene otro monstruo?

—¡Qué pesado es ese Sapo! —dijo, furioso, el Ratón—. No quiero volver a tener nada con él.

Pero no estaban muy lejos cuando se oyeron pasos a su espalda. El Sapo los alcanzó y, poniéndose entre uno y otro, les dio el brazo. Seguía jadeando aún y mirando a lo lejos, ensimismado.

—¡Óyeme, Sapo! —le dijo secamente el Ratón—. Cuando lleguemos a la villa, tendrás que ir directamente al cuartel de policía para ver si saben algo de ese automóvil y de sus propietarios, y presentar la correspondiente denuncia. Luego es preciso que vayas a casa de un herrero o de un carretero para que recojan el carro y lo arreglen. Llevará tiempo, pero no ha sido un vuelco irremediable. Entre tanto, el Topo y yo iremos a una posada y pediremos cómodas habitaciones para hospedarnos mientras reparan la carroza y te repones del nerviosismo.

—¡Ir a la delegación de policía! ¡Denunciarlos! —murmuró el Sapo como en sueños—. ¡Yo *denunciar* a esa hermosa y celeste visión con que acaban de regalarme! ¡*Arreglar* la carroza! He acabado ya con las carrozas para siempre. ¡No quiero ver una más en mi vida ni oír hablar de ella! ¡Oh, Ratón! ¡No puedes imaginar cuán agradecido te estoy por haber consentido en acompañarme! Sin ti no hubiera emprendido el viaje y nunca hubiera visto ese... ¡ese cisne, ese rayo de sol, ese relámpago! ¡Jamás hubiera oído ese sonido fascinador ni me hubiera llegado su olor brujo! Mi mejor amigo, ¡te lo debo todo a ti!

El Ratón apartó de él la vista, desesperado.

—¿Lo ves? —le dijo al Topo, hablándole por encima de la cabeza del Sapo—. Está perdido sin remedio. Hay que dejarlo. Cuando lleguemos al pueblo iremos a la estación, y tal vez tengamos la suerte de poder coger un tren y regresar esta misma noche a la orilla del río. ¡Y si alguna vez me pillas yendo de excursión con ese irritante animal...! —se interrumpió con un ronquido, y en el resto del camino sólo dirigió sus observaciones al Topo.

Al llegar al pueblo fueron directamente a la estación e instalaron al Sapo en la sala de espera de segunda clase, dando dos peniques a un faquín para que lo vigilase atentamente. Dejaron luego el caballo en el establo de una posada y dieron instrucciones sobre la carroza y su contenido. Al fin, un tren bastante lento dejó a los tres en una estación que no se hallaba muy lejos de la mansión del Sapo. Acompañaron a éste, que seguía hechizado y andaba como en sueños, hasta el interior de su casa y ordenaron a su mayordomo que le diese comida, lo desnudase y lo metiese en cama. Sacaron luego el bote de la casilla y bogaron río abajo hacia su hogar. En hora muy intempestiva se sentaron a cenar en su cómodo vestíbulo, junto al río, con gran contento del Ratón.

Al siguiente atardecer, el Topo, que se levantó tarde y durante el día había trabajado sin mucho brío, se sentó a la orilla para pescar cuando el Ratón, que anduvo de visiteo, vino bogando a su encuentro.

—¿No sabes la noticia? —le dijo—. No se habla de otra cosa en la orilla. El Sapo se fue al pueblo en el tren de la madrugada. Y ha adquirido un coche muy grande y lujoso.

3. Un bosque salvaje

Desde tiempo atrás, el Topo deseaba conocer al Tejón. Según se decía, debía ser un personaje importante y, aunque se dejaba ver pocas veces, parece que hacía sentir su invisible influjo a todas las gentes del lugar. Pero siempre que el Topo comunicaba su deseo al Ratón, éste aplazaba el asunto.

—Bueno —decía—, cualquier día aparecerá, pues no deja de venir de vez en cuando, y te lo podré presentar. Pero no sólo has de aceptarlo *como* lo encuentres, sino *donde* lo encuentres.

—¿No podrías pedirle que viniera... a cenar, por ejemplo? —preguntó el Topo.

—No vendría —contestó el Ratón—. El Tejón aborrece la compañía, las invitaciones, cenas y demás.

—¿Por qué entonces no vamos nosotros a visitarle? —sugirió el Topo.

—Estoy seguro de que tampoco le gustaría —explicó el Ratón, muy alarmado—. Es tan tímido, que seguramente se sentiría molesto. Ni siquiera yo me he atrevido nunca a visitarle en su propia casa, a pesar de que lo conozco tanto. Además, no podemos. Es empresa imposible, pues vive en el corazón del bosque.

—Bueno, aunque sea así —objetó el Topo—. Me dijiste, si

no me falla la memoria, que los habitantes del bosque no son malos.

—¡Claro que no lo son! —contestó el Ratón evasivo—. Pero creo que es mejor no ir todavía. Está muy lejos y, sea como fuere, no estaría en casa en esta época del año; además, algún día vendrá, si tenemos paciencia.

El Topo tuvo que contentarse con esto. Pero el Tejón no llegó, y cada día trajo sus diversiones, y hasta que pasó el verano, y el frío, la escarcha y los senderos fangosos le obligaron a permanecer largos días en el hogar, y el crecido río pasó junto a sus ventanas muy raudo, haciendo imposible toda navegación en bote, no volvió a pensar el Topo en el Tejón, cuya vida solitaria se deslizaba en el corazón del bosque salvaje.

Durante el invierno el Ratón dormía mucho. Se acostaba temprano y se levantaba tarde. Dedicaba su corta jornada a garrapatear poesías o a las pequeñas tareas del hogar. Por supuesto, siempre les visitaba alguna bestezuela para charlar un rato y se referían no pocas historias, comparándose las impresiones y hazañas del pasado estío.

¡Qué maravilloso capítulo para el que lo recordase! ¡Cuántas láminas y de qué bellos colores! El cortejo del río había avanzado sin cesar, desplegando sus escenas como una procesión solemne. La lisimaquia purpúrea llegó muy temprano, agitando sus lozanos y enmarañados bucles al borde del espejo, donde le sonreía su propio rostro. No tardó en seguirle la mimbrera, tierna y pensativa, como una rosada nube del ocaso. La consuelda, en la que la púrpura se mezcla con la nieve, avanzó a rastras para ponerse en fila. Y una mañana, el desconfiado y temido escaramujo entró en escena con delicados pasos, advirtiéndose, como si la música solemne de los violines se trocase en el gracioso ritmo de una gaviota, que junio había llegado al fin. Sólo esperaban a un miembro del cortejo: la flor que daba envidia a las ninfas, la dama a quien admiraban los caballeros desde el camino, la que con un beso despertaría al dormido verano, devolviéndolo al amor y a la vida. Pero cuando la reina de los prados, afable, olorosa y con color de ámbar, avanzó gentilmente y ocupó su sitio en el grupo, la pieza estaba ya dispuesta para empezar.

¡Qué hermoso espectáculo! Las soñolientas bestias, recluidas en sus guaridas cuando el viento y la lluvia azotaban sus umbrales, recordaban aún las límpidas mañanas en que, una hora antes de amanecer, la blanca niebla, densa todavía, flotaba sobre el agua. Venía luego el choque de la temprana zambullida, el trote a lo largo de la ribera y la radiante transformación de la tierra, el aire y el agua, cuando de pronto volvía a acompañarlos el sol y el gris se trocaba en oro y los colores surgían otra vez, como brincando desde el suelo.

Recordaban la lánguida siesta del mediodía caluroso, muy hundidas en la verde maleza, que traspasaba el sol como pequeñas flechas y manchas de oro; las salidas en bote y los baños de la tarde, los paseos por polvorientas avenidas y amarillas mieses; y, al fin, el atardecer largo y fresco, cuando se unían tantos hilos del recuerdo, se sazonaban amistades y se planeaban aventuras para el día siguiente.

Había mucho de que hablar en aquellos breves días invernales, cuando las bestezuelas se reunían junto a la lumbre. Pero al Topo le quedaba aún bastante tiempo libre, y cierta tarde, mientras el Ratón, en su butaca junto al hogar, descabezaba un sueño o ensayaba rimas falsas para sus poesías, decidió ir solo a explorar el bosque, donde tal vez trabara conocimiento con el señor Tejón.

Era una tarde fría y sosegada, con duro y acerado cielo, cuando, deslizándose desde el tibio zaguán, salió al aire libre. En torno, el campo estaba desnudo y sin hojas, y pensó que jamás había visto tan íntimamente las cosas como en aquel día de invierno, en que la Naturaleza, sumida en su letargo anual, parecía haber arrojado lejos sus vestiduras. Matorrales, barrancos, canteras y todos los lugares ocultos que, durante el frondoso verano, habían sido misteriosas minas que incitaban a la exploración, aquella mañana exponían patéticamente sus secretos y parecían pedirle que olvidara un poco su andrajosa pobreza, hasta que pudiesen lanzarse como antes a su esplendente carnaval, atrayéndolo y engañándolo con sus antiguas añagazas.

Daba lástima, en cierto modo, pero también resultaba alegre y casi movía a risa. El Topo sentíase contento de que le gustase la campiña sin adornos, dura, desprovista de sus galas. Sus desnudos huesos le parecían bellos, fuertes y sencillos. No añoraba el trébol tibio ni el juego de las hierbas que esparcía su simiente. Parecía mejor la campiña sin los biombos de los espinos ni el damasco de las hayas y los olmos; y con alborozado espíritu avanzó hacia el bosque, que se extendía a lo lejos, bajo y amenazador, como un negro arrecife en un sosegado mar del Mediodía.

Al entrar, nada hubo que le asustase. Crujían las ramas bajo sus pies. Los troncos caídos hacíanle la zancadilla. Los hongos, en los árboles cortados, parecían caricaturas y le impresionaron por su analogía con algo a la vez remoto y familiar; pero todo era divertido y emocionante.

Siguió andando y penetró hasta un punto donde la luz era más vaga. Los árboles, inclinándose, se unían más y más y, a ambos lados del camino, los agujeros le hacían feas muecas.

Todo estaba entonces muy en calma. Se cernió sobre él el crepúsculo, avanzando raudo y sin cesar, cerrando frente a él y a su espalda. Dijérase que la luz se escurría como las postreras aguas de una riada.

Entonces empezaron a surgir los rostros.

El primero apareció vagamente junto a su hombro: una maligna carita en forma de cuña, que le contemplaba desde un agujero. Cuando volvió la cabeza para mirarlo, había desaparecido.

Apretó el paso, diciéndose para su capote que haría mejor en no dar rienda suelta a la imaginación, pues de lo contrario no acabaría nunca. Pasó junto a otro agujero y vio luego algunos más. Y entonces —¡sí!..., ¡no!..., ¡sí!—, sin duda alguna, una pequeña cara angosta, de duro mirar, se asomó un instante y desapareció en seguida. El Topo vaciló, pero cobró ánimos y siguió adelante. De pronto, como si siempre hubiese sido así, todos los agujeros próximos y lejanos (los había a centenares) tuvieron su cara, que aparecía y se esfumaba rápidamente, y todos aquellos rostros fijaban en el Topo malignas miradas de odio. Eran ojos duros, hostiles y penetrantes.

Pensó que, si se alejaba de los agujeros que se abrían en las márgenes del río, no vería ya más rostros. Se apartó, pues, del sendero y hundióse en las regiones no trilladas.

Entonces empezó el silbido.

Al oírlo por vez primera, era vago y agudo y resonaba lejos, a su espalda, pero le hizo apretar el paso. Luego, agudo y vago aún, lo oyó también en la lejanía, pero delante, y le hizo titubear, pensando en si retrocedería. Al pararse, indeciso, empezó el silbido a ambos lados del Topo, y parecían recogerlo y transmitírselo a lo largo del bosque, hasta sus más lejanos confines. Fuesen quienes fuesen, era evidente que estaban dispuestos y ojo avizor. Y él... él estaba inerme y privado de toda ayuda, cuando cerraba ya la noche.

Entonces empezaron las pisadas.

Al principio creyó que era el rozar de las hojas caídas de los árboles, tan leve y delicado era el rumor. Luego, al aumentar su intensidad, cobró un claro ritmo, y el Topo se dijo que nada podía ser sino el *pat, pat, pat* de unas pisadas muy lejanas todavía.

¿Era delante o detrás? Pareció al principio lo primero. Después creyó oír el rumor a su espalda y, al fin, en ambas direcciones. Arreció y multiplicóse, hasta que, mientras escuchaba anhelante, surgió por todas partes, como si los enemigos le cercasen. Estaba quieto, escuchando aún, cuando un conejo corrió hacia él entre los árboles. Esperó, confiando que refrenaría el paso o se apartaría, tomando otra ruta. Pero la bestezuela pasó como una flecha, rozándolo casi, con las facciones alteradas y mirando fijamente.

—¡Aléjate, tonto, aléjate! —le oyó murmurar el Topo mientras el conejo pasaba junto a un árbol cortado y desaparecía en una acogedora madriguera.

Creció el rumor de pasos, hasta que resonó como súbita

granizada sobre la alfombra de hojarasca que se tendía en torno de él. Todo el bosque parecía correr, correr locamente, persiguiendo, acosando, cercando a algo... ¿O a alguien, tal vez? Presa de pánico, echó a correr también, sin objetivo concreto, sin saber a dónde dirigirse. Chocó y tropezó con cosas que no veía, cayóse encima o dentro de otras, se escurrió por debajo y las esquivó.

Al fin se refugió en la profunda y negra oquedad de una vieja haya que le ofrecía asilo donde ocultarse y acaso seguridad. Sea como fuere, estaba demasiado rendido para seguir corriendo, y sólo pudo acomodarse sobre las hojas secas que se habían acumulado en el agujero, creyéndose, de momento, seguro. Y mientras yacía allí, jadeante y trémulo, escuchando los silbidos y pisadas del exterior, conoció al fin plenamente la terrible realidad que otros muchos habitantes de los campos y setos habían descubierto en su momento más sombrío, lo que el Ratón intentó evitarle inútilmente: ¡el pánico del bosque!

Entre tanto, el Ratón, muy caliente y cómodo, descabezaba un sueño junto a la lumbre. El papel que contenía sus inacabados versos se deslizó de su rodilla, se le cayó hacia atrás la cabeza, abrió la boca y erró por las verdes márgenes de los ríos del sueño. Luego resbaló un carbón, chisporroteó el fuego y envió a lo alto un raudal de llamas, y el Ratón despertó sobresaltado. Recordando lo que había estado haciendo, recogió del suelo sus versos, los examinó un momento y miró en torno, buscando al Topo para preguntarle una rima.

Pero el Topo no estaba.

Escuchó un rato. La casa parecía muy tranquila.

Luego gritó «¡Topo!» varias veces, y, al no recibir respuesta, se levantó y se dirigió al vestíbulo.

El gorro del Topo no estaba en la percha donde acostumbraba a colgarlo. Sus chanclos, que solían hallarse junto al paragüero, habían desaparecido también.

El Ratón salió de la casa y examinó atentamente el barro del exterior, confiando hallar en él las huellas del Topo.

Y allí estaban, ciertamente. Los chanclos eran nuevos, pues los había comprado aquel invierno, y el dibujo de sus suelas estaba casi intacto. Lo vio marcado en el barro: las huellas se dirigían directamente hacia el bosque.

Una grave expresión se dibujó en el rostro de la bestezuela, y permaneció un rato sumida en profundas reflexiones. Luego entró de nuevo en la casa, se ciñó un cinturón de cuero en el que acomodó un par de pistolas, cogió una recia tranca en un rincón del zaguán y emprendió a buen paso el camino del bosque.

Anochecía ya cuando alcanzó la primera línea de árboles y se hundió sin titubeos en el bosque, mirando cuidadosamente a todas partes, por si lograba descubrir a su amigo. Aquí y allá, unos menudos y malignos rostros se asomaban a los agujeros, pero se desvanecían inmediatamente al ver al valeroso animal, con sus pistolas y empuñando la fea porra. Y los silbidos y pisadas, que oyó claramente al entrar, se apagaron y cesaron del todo, hasta que al fin reinó el más completo silencio. Caminó con varonil decisión, recorriendo el bosque en toda su longitud, hasta su confín. Luego, prescindiendo de toda senda, empezó a cruzarlo en otro sentido, abriéndose paso a duras penas y sin dejar de gritar con animación:

—¡Topo! ¡Topo, amigo mío! ¿Dónde estás? ¡Soy yo! ¡Soy tu compañero, el Ratón!

Llevaba una hora, o tal vez más, recorriendo el bosque pacientemente, cuando, no sin gran regocijo, oyó una débil respuesta. Guiándose por el grito, se abrió paso en la creciente oscuridad hasta el pie de una vieja haya, en cuyo tronco se abría un agujero. De él surgió una apagada voz que decía:

—¡Ratoncito! ¿Eres tú?

El Ratón entró a rastras en la oquedad y allí encontró al Topo, todavía rendido y trémulo.

—¡Ay, Ratón! —exclamó—. ¡No puedes imaginar el susto que he pasado!

—Sí, ya me lo figuro —contestó con voz sosegada el Ratón—. No te debiste marchar. Hice cuanto pude para evitarte esto, pues los que vivimos a la orilla del río casi nunca venimos solos al bosque. Si tenemos necesidad de visitarlo, vamos, por lo menos, en parejas. Así, generalmente, no nos ocurre nada. Además, es necesario saber infinidad de cosas que tú, por el momento, desconoces. Me refiero a palabras convenidas, señales y dichos que poseen fuerza y virtud, plantas que se llevan en el bolsillo, versos que deben recitarse, y esguinces y trucos. Todo es muy sencillo cuando se sabe, pero, si uno es pequeño, necesita estar en el secreto; de lo contrario, pueden sobrevenir dificultades. Por supuesto, si fueses el Tejón o la Nutria la cosa sería muy distinta.

—Seguramente el bravo señor Sapo tampoco se atrevería a venir, ¿verdad? —preguntó el Topo.

—¿El viejo Sapo? —dijo el Ratón, soltando la carcajada—. No asomaría aquí la nariz, aunque le ofrecieran todo un sombrero lleno de guineas de oro.

El Topo cobró ánimos al escuchar la indiferente risa del Ratón, así como al ver su porra y sus relucientes pistolas. Dejó de temblar y empezó a sentirse con más bríos.

—Ahora —dijo el Ratón unos instantes después— hemos de hacer un esfuerzo y ponernos en marcha para regresar a casa mientras haya luz. No es conveniente pasar la noche aquí, ¿sabes? Entre otras muchas cosas, porque aquí pasaríamos demasiado frío.

—Ratón amigo —dijo el Topo—, lo siento en el alma, pero estoy muerto de cansancio: es un hecho innegable. Debes dejarme descansar un rato más para recobrar las fuerzas, si quieres que vuelva a casa.

—Bueno, bueno —asintió el bueno del Ratón—. Descansa. Además, ya casi ha cerrado la noche, y más tarde nos alumbrará algo la luna.

El Topo se acomodó sobre las hojas secas, tendiéndose todo lo largo que era, y al poco rato se durmió, aunque con sueño agitado, mientras el Ratón le abrigaba lo mejor que podía y se quedaba esperando pacientemente, con una garra en la pistola.

Cuando, al fin, se despertó el Topo, muy descansado y con su buen ánimo habitual, dijo el Ratón:

—¡Bueno! Echaré un vistazo por fuera para ver si todo está en calma, y nos marcharemos.

Dirigióse a la entrada de su refugio y asomó la cabeza. Luego el Topo le oyó murmurar:

—¡Hola! ¡Hola! ¡Aquí la tenemos ya!

—¿Qué ocurre? —preguntó el Topo.

—Nieva —contestó lacónicamente el Ratón—. Está cayendo una copiosa nevada.

El Topo se acercó y se acurrucó junto a su amigo. Mirando hacia el exterior, vio con muy otros ojos el bosque que tanto le había asustado: agujeros, hondonadas, charcos, hoyos y otras negras amenazas del viandante se desvanecían rápidamente y tendíase por doquier una encantada alfombra que parecía delicada en exceso para que la hollaran rudos pies. Llenaba el aire un fino polvo que acariciaba las mejillas, y las negras copas de los árboles envolvíanse en una luz como surgida del suelo.

—Bueno, es inevitable —dijo el Ratón, después de reflexionar un poco—. Creo yo que debemos partir a todo trance. Lo peor es que no sé exactamente dónde nos encontramos. Y ahora esta nieve lo cambia todo.

Así era, en efecto. Parecíale al Topo que no estaba en el mismo bosque. Sin embargo, se pusieron valerosamente en camino, adoptando la decisión que les pareció más oportuna. Iban muy pegados uno a otro y, con ánimo invencible, simulaban reconocer a un amigo en cada añoso árbol que les saludaba osca y calladamente, o descubrir pasos familiares, portillos o sendas en la monotonía del blanco espacio y de los negros troncos que se negaban a variar.

Al cabo de una o dos horas (habían perdido toda noción del tiempo) hicieron alto, abatidos y extraviados del todo, y se sentaron en un tronco caído para recobrar el aliento y ver lo que harían. Tenían el cuerpo dolorido de cansancio y lleno de las contusiones que les habían causado sus tumbos. Habíanse caído en varios hoyos y se habían mojado de pies a cabeza. La nieve era tan densa que apenas podían arrancar de ella sus patitas. Los árboles eran cada vez más espesos y más parecidos entre sí. Parecía como si el bosque no tuviera principio ni fin, ni variedad alguna en su aspecto, y lo peor del caso era que tampoco parecía tener salida.

—No podemos estar aquí mucho rato —dijo el Ratón—. Hemos de dar otro empujón y decidir algo. El frío es terrible y pronto la capa de nieve será demasiado gruesa para que podamos cruzarla.

Miró a su alrededor y reflexionó.

—Oye —prosiguió luego—, se me ocurre una cosa. Ahí abajo hay una especie de hondonada donde el suelo parece muy quebrado. Iremos allí y procuraremos encontrar algún cobijo, una caverna o agujero con el suelo seco, al amparo de la nieve y del viento, y descansaremos un buen rato antes de emprender el camino, pues estamos los dos muy cansados. Además, puede cesar la nieve y surgir una inesperada solución.

Levantáronse otra vez y a duras penas bajaron hacia la hondonada, donde buscaron una cueva o un rincón seco y protegido del viento y de la copiosa nieve. Examinaron uno de los montículos de que había hablado el Ratón, cuando de pronto el Topo dio un salto y se cayó de bruces, lanzando al aire un histérico chillido.

—¡Ay, mi pierna! —gritó—. ¡Cómo me duele la espinilla!

Sentóse sobre la nieve y se frotó la pata con las garras delanteras.

—¡Pobre Topo! —dijo afablemente el Ratón—. Hoy no pareces muy afortunado, ¿verdad? Veamos tu pierna... Sí —prosiguió, arrodillándose para examinarla—. Te has lesionado la espinilla. Voy a vendártela con el pañuelo.

—Habré tropezado con una rama o un tronco ocultos bajo la nieve —dijo el Topo, muy abatido—. ¡Ay de mí! ¡Ay de mí!

—Es un corte muy preciso —comentó el Ratón, examinándolo de nuevo atentamente—. No puede haberlo hecho ni una rama ni un tronco. Parece obra de una cosa afilada, de algún instrumento de metal. ¡Qué curioso!

Permaneció un rato reflexionando y examinó los montículos y hoyos que les rodeaban.

—No importa la causa —dijo el Topo, preocupado sólo por el dolor que sentía—. Sea lo que fuere, duele lo mismo.

Pero el Ratón, después de vendarle cuidadosamente la pierna con su pañuelo, se había alejado y escarbaba afanosamente la nieve. Rascó, hurgó y exploró, trabajando febrilmente con las

54

cuatro patas, mientras el Topo esperaba impaciente, suplicando a intervalos:

—¡Ven, Ratón! ¡No me dejes!

De pronto, el Ratón exclamó:

—¡Hurra! —y añadió luego—: ¡Huuuuuuurraaaaaaaa!

Y, muy entusiasmado, empezó a marcar vagamente sobre la nieve unos pasos de giga.

—¿Qué has encontrado? —le preguntó el Topo, sin dejar de acariciarse la pierna.

—¡Ven a verlo! —contestó el alborozado Ratón, siguiendo con su danza.

Acercóse el Topo renqueando y miró atentamente.

—Bueno —dijo, muy despacio—. Ya lo veo. Lo he visto infinidad de veces. Es para mí un objeto familiar. ¡Una pala para apartar la nieve! Vamos, ¿y qué? ¿Por qué tanto baile en torno a una pala?

—Pero, ¿no ves lo que significa, obtuso animal? —exclamó el Ratón, malhumorado.

—Claro que lo veo —contestó el Topo—. Significa que alguna persona negligente y olvidadiza se ha dejado la pala en medio del bosque, precisamente en el sitio donde todo el mundo puede tropezar con ella. ¡Qué insensatez! Cuando llegue a casa lo denunciaré.

—¡Es el colmo! ¡Es el colmo! —exclamó desesperado el Ratón al verlo tan poco perspicaz—. ¡Vamos, deja ya de discutir y ayúdame! —Y puso de nuevo manos a la obra, haciendo volar la nieve en todas direcciones.

Después de algún trabajo, sus esfuerzos se vieron coronados por buenos resultados y apareció un ruedo de estera muy viejo.

—¿No te lo dije? —exclamó el Ratón triunfalmente.

—Nada me has dicho —contestó el Topo con toda sinceridad. Y prosiguió—: Ahora has hallado, al parecer, otro desecho doméstico y supongo que te sentirás del todo feliz. Es preferible que empieces de nuevo a bailar tu giga, si te apetece, y que acabes de una vez; quizá luego podremos marchar, sin perder más tiempo hurgando en la basura. ¿Acaso nos comeremos ese ruedo de estera o dormiremos debajo? ¿Nos sentaremos encima para que nos sirva de trineo en el regreso, exasperante roedor?

—Pero... ¿es que... quieres insinuar —exclamó el Ratón excitado— que ese ruedo de estera no *te dice* nada?

—Vaya, amigo —replicó el Topo, enojado—, ¡basta ya de sandeces! ¿Quién oyó jamás que una estera le *dijera* algo a alguien? La verdad es que no suelen hacerlo. No son así. Las esteras saben muy bien el puesto que ocupan.

—¡Atiende de una vez, mentecato! —replicó el Ratón, muy airado—. Esto debe acabar. No añadas una palabra y aparta la nieve... ¡Barre, cava y busca por esos contornos, especialmente en los montículos, si quieres dormir esta noche en un lugar seco y tibio, pues es nuestra última oportunidad!

El Ratón atacó febrilmente una gran masa de nieve que había junto a ellos, tentando por todas partes con su porra y cavando luego con furia; y también el Topo hurgó diligentemente, más para complacer al Ratón que por otras razones, ya que empezaba a temer que su amigo perdiera el juicio.

Al cabo de unos diez minutos de dura labor, la porra del Ratón chocó con algo que sonaba a hueco. Siguió cavando hasta que pudo meter una garra para palpar el misterioso objeto. Luego llamó al Topo para que le echara una mano.

Trabajaron con tesón las dos bestezuelas, y al fin el fruto de su labor apareció ante el asombrado Topo, incrédulo hasta aquel momento.

A un lado de lo que parecía un montón de nieve se erguía una portezuela de sólido aspecto, pintada de verde oscuro. Junto a ella colgaba un tirador de hierro, y debajo, en una pequeña placa de latón, lindamente grabado con letras mayúsculas, pudieron leer este letrero

SEÑOR TEJON

El Topo, sorprendido y contento, cayó de espaldas en la nieve.

—¡Amigo mío Ratón! —exclamó, compungido—. ¡Eres una maravilla! Ahora me doy cuenta de ello. Paso a paso fuiste deduciendo las cosas en tu prudente magín, desde que me caí y me lesioné la espinilla, y, al ver la herida, tu privilegiada mente se dijo: *¡Una pala!* Después te volviste y encontraste la mismísima pala que me hirió. Pero ¿te contentaste con eso? ¡De ningún modo! A otros les hubiera bastado. A ti, no. Tu cabeza siguió trabajando. «Si logro encontrar un ruedo de estera», te decías, «mi teoría queda demostrada». Por supuesto, diste con la estera. Tan listo eres, que serías capaz de encontrar lo que se te antojara. «No hay duda», piensas, «que existe esa puerta, como si la estuviera viendo. Sólo falta encontrarla». Bueno, he leído hazañas así en los libros, pero jamás las vi en la vida real. Debieras irte donde pudieran apreciar tus cualidades. Es lástima que pierdas el tiempo entre nosotros. Si yo tuviera tu cabeza, amigo...

—Pero puesto que no la tienes —le interrumpió secamente el Ratón—, ¿te propones acaso pasarte la noche entera charlando sobre la nieve? ¡Levántate de una vez, tira del cordón que tienes ante tus ojos y llama fuerte, lo más fuerte que puedas, mientras yo martilleo!

El Ratón golpeó la puerta, y el Topo dio un salto, asió con fuerza el tirador, llamó, con los pies muy hincados en el suelo, y oyeron que les contestaba desde lejos, muy tenue, el tañido de una grave campanilla.

4. El señor Tejón

Aguardaron pacientemente durante lo que les pareció un tiempo larguísimo, pataleando sobre la nieve para calentarse los pies. Al fin pudieron oír unos apagados pasos que se acercaban a la puerta. Parecía, como hizo observar el Topo al Ratón, alguien con zapatillas de paño, demasiado grandes y algo raídas, lo que acreditó la perspicacia del Topo, ya que, en efecto, así era.

Se oyó el chirrido del cerrojo y la puerta se abrió algunos centímetros, los suficientes para que se asomaran por ella un largo hocico y unos ojos adormilados y parpadeantes.

—La próxima vez que vuelva a ocurrir algo semejante —dijo una voz áspera y desconfiada—, me enfadaré muy en serio. ¿Quién es el que viene a despertar a la gente en una noche así? ¡Vamos, que hable!

—¡Ay, Tejón! —suplicó el Ratón—. ¡Por favor, déjanos entrar! Soy yo, el Ratón, y voy con mi amigo el Topo. Nos hemos extraviado en el bosque a causa de la nieve.

—¡Ah! ¡Eres tú, Ratón, mi enanito! —exclamó el Tejón, con voz muy diferente—. Entrad en seguida. Imagino que estaréis muertos de cansancio. ¡De modo que perdidos en la nieve! ¡Y,

58

además, en el bosque y a estas horas de la noche! ¡Vamos, entrad!

Las dos bestezuelas chocaron entre sí una con otra al entrar anhelantes, y con gran júbilo y alivio oyeron que la puerta se cerraba tras de sí.

El Tejón, que vestía un largo batín y cuyas zapatillas estaban, en efecto, bastante usadas, llevaba una vela en la mano y seguramente estaría a punto de acostarse cuando llamaron a la puerta los extraviados. Les dirigió una cariñosa mirada y les dio unas palmaditas afectuosas en la cabeza.

—No es ésta una noche muy a propósito para que salgan las bestezuelas —les dijo paternalmente—. Mucho me temo que se trate de una de tus travesuras, Ratoncito. Pero entrad; venid a la cocina. Allí hay un fuego magnífico, cena y todo lo demás.

Les precedió caminando despacio, llevando la luz, y el Topo y el Ratón, dándose con el codo ante tan agradables perspectivas, le siguieron por un pasadizo largo, sombrío y, a la verdad, bastante desaseado, hasta una especie de vestíbulo central, desde el cual vieron otros pasajes también en forma de túnel, misteriosos y, al parecer, sin fin. Pero en el zaguán había igualmente puertas: unas robustas y cuidadas puertas de roble. El Tejón abrió una de ellas de par en par y se hallaron en seguida en la agradable y tibia luz de una cocina con el hogar encendido.

El pavimento era de ladrillos rojos muy usados, y en la espaciosa chimenea ardía un fuego de troncos, entre dos rincones de la misma chimenea muy apartados en el muro, a buena distancia del tiro. Un par de sillas de alto respaldo, enfrentadas a ambos lados de la lumbre, ofrecían cómodo asiento a quienes pudieren gustar de departir en buena compañía. En medio de la habitación había una larga mesa de sencillos tablones, colocados sobre caballetes, con bancos a los lados. En un extremo, donde divisaron, más bien apartado, un sillón, estaban, al parecer, los restos de la sobria pero abundante cena del dueño. Largas filas de platos muy limpios brillaban en el aparador, al fondo de la estancia, y de las vigas pendían jamones, manojos de hierbas secas, ristras de cebollas y cestos de huevos. Parecía

59

el lugar más adecuado para banquetear los héroes después de la victoria, para reunirse los cansados labriegos y celebrar las fiestas de la cosecha con júbilo y canciones, o para que dos o tres amigos de gustos sencillos pudiesen sentarse a su gusto y comer, fumar y entregarse a largos coloquios con comodidad y sosiego.

El rojizo suelo parecía sonreír al techo empañado por el humo. Los bancos de roble, a los que el uso había dado cierto brillo, cambiaban alegres miradas.

Los platos del aparador hacían muecas a las marmitas del estante, y el alborozado fuego jugaba por doquier, esparciendo trémulos resplandores.

El afable Tejón, con un empujón afectuoso, los obligó a sentarse en un banco para que se calentaran junto a la lumbre, y les dijo que se quitaran las mojadas chaquetas y las botas. Luego les trajo batines y zapatillas y bañó por sí mismo con agua caliente la espinilla del Topo y le puso tafetán inglés en la herida, hasta que le quedó la pierna casi mejor que antes.

En la grata luz y al amor del fuego, calientes y secos al fin, estiradas las rendidas piernas y escuchando el sugestivo tintineo de los platos que disponían a su espalda, en la mesa, parecióles a las pobres bestezuelas perseguidas por la tempestad, y ya en seguro puerto, que el helado bosque sin sendas, dejado allí mismo, hallábase a muchas millas de distancia, y todo lo que en él sufrieron se les antojó un sueño medio olvidado.

Cuando se hubieron calentado bastante, el Tejón los invitó a sentarse a la mesa, en la cual había servido la cena. Ya habían experimentado antes el aguijón del hambre, pero al ver ante sí la cena, no supieron casi qué manjar atacarían primero, tan apetitoso era todo, y se preguntaron si los demás platos esperarían bondadosamente hasta que pudieran dedicarles la debida atención.

Durante un buen rato fue imposible toda charla; pero, cuando al fin la reanudaron, era esa lamentable conversación de los que hablan con la boca llena. Al Tejón no le importaba ni pareció fijarse en que apoyaban los codos en la mesa y hablaban

60

ambos a la vez. Como no estaba hecho a los buenos usos de la sociedad, se decía a sí mismo que aquéllas eran cosas sin importancia. Bien sabemos, por supuesto, que se equivocaba y que su opinión era más bien estrecha, pues tales cosas importan de veras, a pesar de que nos llevaría demasiado tiempo explicar por qué. Estaba sentado en un sillón, a la cabecera de la mesa, y asentía gravemente con la cabeza de vez en cuando, mientras las dos bestezuelas referían su historia. No pareció asombrarse ni escandalizarse de nada, y nunca les dijo en tono de reproche *Ya os lo decía yo,* ni *Es lo que yo digo siempre,* ni se permitió comentar que no debían hacer tal cosa o que su obligación era obrar de tal otra manera. El Topo empezó a sentir por él mucha simpatía.

Cuando al fin acabó la cena y los dos animales sintieron que no les cabía una migaja más en el cuerpo, diciéndose que no les importaba ya nada ni nadie, se reunieron junto al dorado rescoldo y reflexionaron sobre lo delicioso que era estar allí sentados a aquella hora, tan independientes y saciados. Después que hubieron charlado un buen rato sobre mil cosas, el Tejón les dijo afablemente:

—¡Vamos! Contadme algo de vuestra tierra. ¿Cómo está el viejo Sapo?

61

—Va de mal en peor —contestó gravemente el Ratón, mientras el Topo, arrellanado en un sillón y calentándose junto a la lumbre, con los pies más altos que la cabeza, trataba de parecer realmente triste—. Tuvo otro choque la semana pasada, un choque serio de veras. Se empeña en conducir, y nunca será capaz de ello. Si quisiese emplear a una bestezuela decente, formal y preparada, pagándole un buen sueldo y dejando que cuidase de todo, la cosa iría bien. Pero no: está convencido de ser el mejor dotado de los conductores y no admite lecciones de nadie. Las consecuencias no son difíciles de adivinar.

—¿Cuántos ha tenido? —inquirió sombríamente el Tejón.

—¿Choques o coches? —preguntó el Ratón—. Bueno, al fin y al cabo, tratándose del Sapo, es lo mismo. Este es el séptimo. En cuanto a los demás... ¿Has visto su garaje? Pues está lleno hasta el techo de fragmentos de automóviles, y ninguno de esos trozos abulta más que tu sombrero. En eso han acabado los demás coches...

—Ha estado tres veces en el hospital —dijo el Topo—, y ha pagado unas multas terribles.

—Sí, ése es uno de sus problemas —prosiguió el Ratón—. Todos sabemos que el Sapo es rico, pero no precisamente millonario. Siendo un pésimo conductor, que no respeta la ley ni las ordenanzas, tarde o temprano acabará muerto en accidente o arruinado. Como amigos suyos, Tejón, ¿no crees que deberíamos hacer algo?

El Tejón se sumió en profundas reflexiones. Al fin dijo con cierta severidad:

—Bien sabes que *ahora* yo no puedo hacer nada.

Sus dos amigos asintieron con la cabeza, comprendiendo a qué se refería. Según la etiqueta de su mundo, no pueden esperarse de ningún animal arduas o heroicas acciones, ni siquiera una moderada actividad, durante el invierno. Todos están soñolientos, y algunos, dormidos. A todos, quién más quién menos, les asedia el tiempo, y descansan de sus días y noches de ruda labor, en que se ponen a prueba todos sus músculos y despliegan hasta el límite sus energías.

—Muy bien —prosiguió el Tejón—. Pero en el buen tiempo, cuando las noches son más cortas y en mitad de ellas uno se despierta y se agita con inquietud, deseando estar fuera al salir el sol, si no antes... ¡Ya me entendéis!

Ambas bestezuelas asintieron gravemente con la cabeza. ¡Claro que lo sabían!

—Entonces —prosiguió el Tejón—, nosotros, o sea tú, yo y nuestro amigo el Topo, nos encargaremos del Sapo. No le toleraremos más imprudencias y le haremos entrar en razón, aunque sea a la fuerza. Acabaremos convirtiéndolo en poco tiempo en un Sapo juicioso y más sensato. Pero... ¿Te duermes, Ratón amigo?

—¡De ningún modo! —contestó el interpelado, despertando con sobresalto.

—Ya se ha quedado dormido dos o tres veces después de la cena —observó el Topo, riendo.

El se sentía muy despierto y animado, aunque ignoraba por qué. Era debido, claro está, a que, siendo un animal subterráneo por nacimiento y educación, la situación de aquella guarida se adaptaba perfectamente a sus gustos y le hacía sentirse como en su propia casa; mientras que el Ratón, que solía dormir en una estancia cuyas ventanas se abrían al río lleno de brisas, notaba la opresión del confinado ambiente.

—Bueno, ya es hora de acostarnos —dijo el Tejón, levantándose y dándoles bujías—. Venid y os mostraré vuestras habitaciones. Y descansad mañana hasta la hora que queráis... Podréis desayunar cuando os apetezca.

Condujo a las dos bestezuelas a una larga estancia, que parecía a medias dormitorio y desván. Las provisiones de invierno que guardaba el Tejón ocupaban la mitad: montones de manzanas, nabos y patatas, cestos llenos de nueces y tarros de miel. Pero las dos blancas camitas colocadas en el espacio libre parecían blandas y tenían un aspecto acogedor. Las sábanas, aunque algo ásperas, eran limpias y olían deliciosamente. El Topo y el Ratón se desnudaron en un periquete y se metieron entre las sábanas con gran alborozo.

Siguiendo las amables instrucciones del Tejón, al día siguiente los dos cansados animalitos se presentaron bastante tarde para desayunar, y encontraron una brillante lumbre en la cocina y dos erizos jóvenes sentados a la mesa, comiendo potaje de avena en cuencos de madera. Los erizos soltaron las cucharas, se levantaron e inclinaron respetuosamente la cabeza cuando entraron el Topo y el Ratón.

—Sentaos, sentaos —les dijo afablemente este último—, y seguid con el potaje. ¿De dónde venís, pequeños? ¿Os habéis extraviado en la nieve?

—Sí, señor —dijo el mayor, con gran respeto—. Yo y el pequeño Billy buscábamos el camino de la escuela, pues mamá quiso que fuéramos, a pesar del mal tiempo, y, como es natural, señor, nos hemos extraviado. Y Billy, por ser jovencito y algo miedoso, se asustó mucho y se echó a llorar. Al fin dimos con la puerta posterior del señor Tejón, y nos atrevimos a llamar, pues es un caballero bondadoso, como todo el mundo sabe...

—Ya comprendo —dijo el Ratón, cortándose unos trozos de tocino, mientras el Topo ponía algunos huevos en una sartén—. ¿Y qué tiempo hace ahora? Pero no es necesario que me llaméis *señor* tan a menudo —añadió.

—Pésimo, señor; con mucha nieve —contestó el erizo—. Hoy no es un día muy a propósito para que salgan caballeros como ustedes.

—¿Dónde está el señor Tejón? —preguntó el Topo, poniendo a calentar la vasija de café.

—El dueño se ha ido a su gabinete, señor —contestó el erizo—. Dijo que esta mañana estaría muy ocupado y que por ningún motivo debían interrumpirle.

Todos los presentes comprendieron fácilmente esta explicación. Como ya se ha dicho, cuando se lleva una vida de intensa actividad durante la mitad del año y de relativa somnolencia o de sueño efectivo en los seis meses restantes, en este último período no puede alegarse invariablemente el sueño si se tienen visitas o hay algo que hacer. La excusa llegaría a ser monótona.

Muy bien sabían las bestezuelas que el Tejón, después de un reconfortante desayuno, se había retirado a su gabinete, donde se había sentado en una butaca, con las piernas apoyadas en otra, y cubierto la cara con un rojo pañuelo de algodón, y allí estaría *ocupado* del modo habitual en esta época del año.

Se oyó tintinear con fuerza la campanilla de la puerta principal, y el Ratón, que tenía las manos empapadas de tostada con mantequilla, envió a Billy, el pequeño erizo, a ver quién era. Se oyó en el vestíbulo un fuerte pisoteo, y al poco rato volvió Billy precediendo a la Nutria, que abrazó al Ratón con un grito de júbilo.

—¡Apártate! —balbució el Ratón con la boca llena.

—Pensé que os encontraría aquí sanos y salvos —explicó con alegría la Nutria—. Cuando llegué esta mañana a la orilla del río estaban todos muy alarmados. «El Ratón no ha estado en toda la noche en casa, y tampoco el Topo; habrá ocurrido algo terrible», decían. Y, por supuesto, la nieve había cubierto ya todos vuestros rastros. Pero sabía que cuando alguien se encuentra en un apuro suele acudir al Tejón, o éste logra enterarse, por lo que me vine aquí directamente, atravesando el bosque y la nieve. ¡Cielos! ¡Qué bonito era ir cruzando la nieve mientras salía el sol, muy encendido, entre los negros troncos! Al avanzar en la quietud, de vez en cuando caían de las ramas grandes trozos de nieve con un *¡plop!* especial, haciéndome brincar y correr en busca de cobijo. Durante la noche habían surgido de la nada blancos castillos y cuevas, con sus puentes levadizos, sus terrazas y bastiones... De buena gana me hubiera quedado a jugar con ellos un buen rato. Aquí y allá se habían desgajado gruesas ramas bajo el peso de la nevada, y los petirrojos se posaban en ellas o brincaban, gallardos y presumidos, como si fuesen autores de la hazaña. Una desordenada hilera de ánsares pasó muy alta por el cielo gris, y una pequeña bandada de cornejas voló a la redonda sobre los árboles y batió alas hacia el hogar, con expresión de disgusto. Pero no encontré a nadie que mereciese mi confianza para preguntarle noticias. Estaría como a mitad del camino cuando vi a un conejo sentado en un tronco, lavándose la cara con las patas. Se llevó un buen susto cuando me deslicé tras él y le puse sobre el hombro la garra delantera. Tuve que sacudirle varias veces la cabeza para que volviese en sí. Al fin logré sacarle que uno de sus compañeros había visto por la noche al Topo en el bosque. Según me dijo, en las madrigueras sólo se hablaba de que el Topo, gran amigo del Ratón, se hallaba en un apuro. Se había extraviado, y los misteriosos seres lo perseguían acosándolo por todas partes. «Entonces, ¿por qué ninguno de vosotros ha hecho nada?», le pregunté. Tal vez no poséis demasiadas luces, pero sois varios centenares, fuertes y bien nutridos. Tenéis madrigueras que se hunden en todas direcciones y podíais recogerlo y dejarlo en lugar seguro y cómodo, o intentarlo por lo menos. «¡Cómo! ¿*Nosotros?*», me contestó. ¿Hacer algo nosotros los conejos?» Le di otro sopapo y lo solté. No podía hacer otra cosa. Por lo menos, me había enterado de algo. Y si hubiese tenido la fortuna de encontrar alguno de aquellos seres misteriosos, hubiera sabido algo más... o tal vez lo supieran *ellos.*

—¿No estabas..., ejem..., algo nerviosa? —preguntó el Topo, sintiendo renacer el terror de la otra noche al mencionarse el bosque.

—¿Nerviosa? —Al reírse, la Nutria mostró una brillante hilera de dientes fuertes y blancos—. Buenos nervios les daría yo si intentaran algo contra mí. Vaya, Topo, fríeme unas lonchitas de jamón, como buen muchacho que eres. Tengo un hambre terrible y he de contarle muchas cosas al Ratón, pues llevamos largo tiempo sin vernos.

El afable Topo, después de cortar unos trozos de jamón, pidió a los erizos que lo frieran y volvió a ocuparse de su desayuno, mientras el Ratón y la Nutria, con las cabezas muy juntas, comentaban los sucesos del río. Su interminable charla fluía como un murmullo fluvial.

Habían despachado ya una fuente de jamón frito y se pedía más cuando entró el Tejón, bostezando y frotándose los ojos, y saludó a todos con su calma y sencillez habitual, dirigiendo a cada cual sus preguntas.

—Será la hora de comer —le dijo a la Nutria—. Vale más que te quedes y comas con nosotros. En una mañana tan fría, seguramente no dejarás de tener hambre.

—¡Bastante! —asintió la Nutria, haciéndole un guiño al Topo—. El espectáculo de esos erizos voraces y menudos llenándose el buche con jamón guisado me da un hambre feroz.

Los erizos, que terminado ya el potaje y habiendo trabajado no poco con la sartén, se sentían otra vez hambrientos, dirigieron una tímida mirada al Tejón, pero eran demasiado apocados para protestar.

—Vamos, pequeños, ya podéis ir a casita con vuestra madre —les dijo afablemente el Tejón—. Haré que os acompañe alguien para indicaros el camino. A buen seguro que esta noche no necesitaréis cena.

Dio a cada uno de ellos seis peniques y una palmadita en la cabeza y se marcharon, quitándose el gorro respetuosamente no pocas veces y tocándose otras tantas los mechones de la frente.

Al poco rato se sentaron todos para almorzar. El Topo estaba junto al Tejón y, como los otros dos andaban aún muy ocupados con la charla fluvial, de la que nada los distraía, aprovechó la ocasión para expresarle lo muy cómodo y a gusto que se sentía en su casa.

—Una vez bajo tierra —le dijo—, uno sabe exactamente dónde está. Nada puede ocurrirnos y nadie es capaz de alcanzarnos. Se es dueño de sí mismo y no se necesita consultar a nadie ni fijarse mucho en lo que se diga. Arriba, las cosas siguen su curso, y las dejamos, sin preocuparnos de ellas. Cuando se quiere, sube uno a la superficie y allí están las cosas esperándonos.

—¡Es exactamente lo que digo yo! —asintió el Tejón—. No hay seguridad, paz ni sosiego si no es bajo tierra. Si se desean nuevos horizontes, basta con hurgar un poco y ¡ya está! No se precisan construcciones ni comerciantes, ni tiene uno que aguantar las impertinencias de los que pasan junto a su casa. Sobre todo, aquí no existe el tiempo, ni malo ni bueno. En cambio, mira lo que le ocurre al Ratón: basta una riada de unos palmos para que tenga que mudarse a una habitación de alquiler, incómoda, mal situada y carísima. Fíjate igualmente en el Sapo. Nada tengo que objetar contra su casa, que es la mejor de estas regiones. Pero imagina que se declara en ella un incendio: ¿qué le ocurriría al pobre Sapo? Imagina que el viento se lleva las tejas, que se hunden o agrietan los muros o se rompen las ventanas; ¿qué será de él? Y si hay corrientes en las estancias (yo no puedo sufrirlas), ¿qué le sucederá? Estar arriba, fuera de casa, va bien para ir de acá para allá y buscarse el sustento. Pero luego hay que volver abajo... ¡Así concibo yo el hogar!

El Topo asintió por completo. En consecuencia, el Tejón sintió por él mayor simpatía.

—Después del almuerzo —le dijo—, te enseñaré mi casita. Veo que eres capaz de apreciarla. Comprendes muy bien lo que debe ser la arquitectura doméstica.

Así, una vez despachado el almuerzo, mientras los otros dos se acomodaban en un rincón de la chimenea, iniciando una acalorada discusión a propósito de las anguilas, el Tejón encendió una linterna y dijo al Topo que le siguiera. Cruzando el vestíbulo, bajaron por las principales galerías, y la vacilante luz de la linterna dejaba ver vagamente, a ambos lados, estancias pequeñas o espaciosas, algunas de las cuales no eran mayores que armarios, mientras que otras eran casi tan amplias e imponentes como el comedor del Tejón. Un angosto pasadizo que doblaba en ángulo recto los condujo a otro, y, una vez allí, enfocaron un nuevo pasillo. El Topo estaba asombrado ante el tamaño, la extensión y las múltiples ramificaciones de aquella morada. Al fondo de los sombríos pasajes aparecían las sólidas bóvedas de las despensas y graneros, rebosantes de provisiones, y todo estaba construido con ladrillos, pilares y arcos, y cuidadosamente pavimentado.

—Amigo Tejón —le dijo al fin—, ¿cómo has logrado encontrar tiempo y energías para hacer todo esto? ¡Es asombroso!

—Lo *sería* —explicó el Tejón— si lo hubiese hecho yo. Pero en realidad yo nada hice. Me limité a limpiar algo los pasadizos y las habitaciones, a medida que los fui necesitando. En torno hay todavía muchos más. Ya veo que no lo entiendes, y he de explicártelo. Hace muchísimo tiempo, en el lugar donde ahora se agita el bosque, antes de que lo hubiesen plantado, había una ciudad. Una ciudad de hombres, ¿sabes? Aquí, en este mismo sitio, vivían, paseaban, charlaban, dormían y se ocupaban de sus negocios. Aquí tenían las cuadras de sus caballos y celebraban sus festines, y de aquí partían para la guerra o emprendían sus viajes para comerciar. Eran un pueblo poderoso y rico, y poseían grandes cualidades como constructores. Edificaban con solidez, pues creían que su ciudad duraría siempre.

—¿Y qué ha sido de ellos? —preguntó el Topo.

—¡Quién sabe! —contestó el Tejón—. Surgen los pueblos, duran cierto tiempo, florecen, edifican... y desaparecen. Así suele ocurrir. Pero nosotros nos quedamos. Me han asegurado que había aquí tejones mucho antes de que existiera esa ciudad. Y vuelve a haberlos de nuevo. Somos una estirpe sufrida y, si a veces nos alejamos por algún tiempo, sabemos esperar con paciencia y volvemos al fin. Y así será siempre.

—¿Y qué sucedió cuando desapareció aquel pueblo?

—Cuando aquellas gentes se desvanecieron —prosiguió el Tejón—, los fuertes vientos y las persistentes lluvias se encargaron de la ciudad, paciente e incesantemente, año tras año. Tal vez nosotros, los tejones, ayudemos algo, a nuestro modo... ¡Quién sabe! Todo se fue hundiendo, hundiendo, hundiendo poco a poco. Todo se convirtió en ruinas, quedó a ras del suelo y desapareció. Luego volvieron a surgir cosas, arriba, arriba, arriba. Las simientes se trocaron en verdes tallos y éstos en copudos árboles del bosque, y acudieron en su ayuda zarzas y helechos. Apareció el mantillo y lo cubrió todo. En sus avenidas invernales, los ríos trajeron arena y tierra para obstruir y tapar, y, con el tiempo, estuvo dispuesta otra vez nuestra morada y acudimos a ella. Encima, en la superficie, ocurrió lo mismo. Llegaron animales, a los que gustó el lugar, y se establecieron aquí, floreciendo y multiplicándose. No se preocupaban del pasado. Nunca suelen hacerlo, pues andan demasiado atareados para eso. Era, por supuesto, un sitio bastante quebrado, onduloso y lleno de agujeros; pero esta peculiaridad más bien constituía una ventaja. Tampoco se preocupan del futuro, de cuando los humanos vuelvan a presentarse para residir aquí algún tiempo, lo cual es muy probable que vuelva a ocurrir. Ahora el bosque está muy poblado, con la mezcla habitual de buenos, malos e indiferentes. No quiero citar nombres. Pero me figuro que ya los conoces.

—Así es, en efecto —asintió el Topo, con un ligero escalofrío.

—Bueno, bueno —dijo el Tejón, dándole una palmadita en el hombro—, ha sido tu primera experiencia. En realidad, no son tan malos como parece, y todos hemos de vivir y dejar que vivan los demás. Pero mañana cursaré el santo y seña y creo

que ya no te molestarán. Todos mis amigos van por donde se les antoja en esta tierra.

Cuando regresaron a la cocina encontraron al Ratón paseando, muy inquieto. El ambiente subterráneo le oprimía, poniéndole nervioso, y parecía temer que el río se escapase si él no se quedaba para cuidarlo. Púsose, pues, de nuevo la chaqueta y se acomodó las pistolas en el cinto.

—Vamos, Topo —le dijo, anhelante, en cuanto los vio—. Hemos de marcharnos antes de que se vaya la luz. No siento ningún deseo de pasar otra noche en el bosque.

—Buena idea, amigo —asintió la Nutria—. Yo iré con vosotros, y ya sabéis que conozco todos los senderos a ojos cerrados. Si hay que darle a alguien un mordisco en la cabeza, podéis contar conmigo.

—No te impacientes, Ratón —añadió el Tejón plácidamente—. Mis galerías son más largas de lo que os figuráis, y tengo salidas muy cerradas en los confines del bosque, en diversas direcciones, aunque prefiero que no lo sepa todo el mundo. Cuando de veras tengas que marcharte, podrás salir por uno de esos atajos. Entre tanto, ponte a tus anchas y siéntate otra vez.

Pero el Ratón deseaba vivamente partir y cuidar del río. El Tejón, volviendo a coger su linterna, los guió por un húmedo túnel, cuyo aire estaba muy enrarecido. Daba vueltas y se hundía, en parte con bóveda de ladrillos y en parte cavado en la roca durante una distancia que les pareció de muchas millas. Al fin empezó a surgir vagamente la luz del día entre la enmarañada maleza que colgaba sobre la boca del túnel; y el Tejón, despidiéndose de nuevo, los empujó rápidamente por la abertura, dispuso las enredaderas, los matorrales y la hojarasca de modo que todo pareciera lo más natural y se volvió atrás.

Las tres bestezuelas se hallaron en el lindero del bosque. Tras ellas amontonábanse, en confusa maraña, rocas, cambrones y raíces. Tenían delante un vasto espacio de sosegados campos, ceñidos por las líneas de los setos, que parecían negros en la nieve, y a lo lejos surgía el brillo del viejo río familiar, mientras el sol invernal se perdía, rojo, en el horizonte.

La Nutria, que conocía todos los senderos, se encargó de guiar al grupo, y avanzaron un buen rato, en fila india, hacia un lejano portillo. Deteniéndose allí un instante, volvieron la cabeza y vieron la enorme masa del bosque, densa, amenazadora, compacta, destacándose sombríamente en el vasto espacio blanco. A un tiempo apartaron los tres la vista de aquel espectáculo y se dirigieron a toda prisa hacia su hogar, buscando la lumbre y las cosas familiares con que retozaba el resplandor del fuego, la jubilosa voz del río, que resonaba junto a su ven-

tana, y el río mismo, tan íntimo, en el que confiaban siempre
y que nunca los asustaba con imprevistas maravillas.

Mientras corría, saboreando por adelantado el instante en
que podrían hallarse en casa de nuevo, entre las dulces cosas
amigas, el Topo comprendió que él era animal de tierras de labranza y setos vivos, muy ligado al surco, al pasto frecuentado,
a la senda donde se detiene uno al atardecer y al huerto culti-
vado por manos de hombre. Que eligieran otros las asperezas,
el obstinado sufrir o el choque trágico que reserva la naturaleza salvaje. El tenía que ser prudente y permanecer en los lugares placenteros que le reservaba el destino y que, a su modo,
le ofrecían suficientes aventuras para colmar toda una vida.

5. Hogar, dulce hogar

Apiñadas contra los cercados, las ovejas iban en desatada carrera resoplando y pateando, echada atrás la cabeza, mientras del atestado redil un leve vapor surgía, elevándose por el aire helado, cuando el Topo y el Ratón se apresuraban hacia el hogar, muy animados, entretenidos en una charla interminable y no pocas risas. Regresaban a campo traviesa, después de pasar un día fuera, en compañía de la Nutria, cazando y explorando la altiplanicie donde nacían ciertos arroyos, tributarios de su río. Las sombras del breve día invernal se les echaban encima y aún debían recorrer una buena distancia. Afanándose al azar por las tierras recién aradas, oyeron a las ovejas y se dirigieron hacia ellas. Después, partiendo del redil, encontraron un sendero trillado que convertía el andar en cosa hacedera, y contestaba sin titubeos a ese pequeño ser algo preguntón que todos los animales suelen llevar dentro: «Sí, exactamente: *¡Esto conduce al hogar!*»

—Parece que nos acercamos a una aldea —dijo, algo dudoso, el Topo, acortando el paso, cuando el camino, que se convirtió, de atajo, en amplio sendero, los dejó en una cuidada carretera. Los animales no suelen acercarse a las aldeas, y sus rutas, aunque muy frecuentadas, siguen un curso independiente, prescindiendo de iglesias, oficinas de correos y posadas.

—¡No te preocupes! —dijo el Ratón—. En esta época del año están ya todos en casa a estas horas, sentados junto a la lumbre: hombres, mujeres y niños, además de los perros y gatos. Nos deslizaremos limpiamente, sin molestia alguna, y, si quieres, podremos echar un vistazo por la ventana para ver lo que están haciendo.

La noche decembrina envolvió rápidamente la aldehuela mientras se acercaban, con suaves pisadas, sobre la primera capa de nieve, blanda como polvillo. Poco se veía, salvo unos cuadros de vaga luz anaranjada a ambos lados de la calle, donde el resplandor de la lumbre o de las lámparas surgía por las ventanas de las casitas hacia el sombrío mundo exterior. La mayoría de las ventanas, con sus bajas celosías, carecían de cortinas, y, para los que observaban desde fuera, los recluidos en las casas, reunidos en torno a la mesa donde habían servido el té, absortos en sus tareas o conversando entre risas y vívidos ademanes, poseían aquella gracia feliz que tanto cuesta imitar, aun a los buenos actores: la espontánea gracia del que ignora que lo están observando. Dirigiéndose, a su gusto, de un escenario a otro, los dos espectadores, que tan lejos se hallaban de su propio hogar, contemplaban con cierta melancolía el espectáculo de un gato al que se acaricia, de un niño adormilado llevado en brazos a la cama, o de un hombre rendido que se estira y vacía la pipa, golpeando con su cazoleta el extremo de un tronco encendido.

Pero donde más vibraba el sentimiento del hogar y del encortinado mundo ceñido por las paredes —olvidado el más amplio y agitado universo de la naturaleza exterior— era en una ventanita con las cortinas corridas, que surgía en la noche como una simple transparencia. Junto al blanco visillo colgaba la jaula de un pájaro, muy destacada, viéndose claramente todos los alambres, columpios y demás detalles, sin olvidar el picoteado terrón de azúcar que allí habían dejado durante el día. En el columpio del centro, con la cabeza cuidadosamente oculta bajo el ala, el plumoso ocupante parecía tan próximo al Topo y al Ratón que hubieran podido tocarlo fácilmente si lo hubieran intentado. Hasta las delicadas puntas de su erizado plumaje se dibujaban con precisión en la iluminada pantalla.

Mientras lo contemplaban, el adormilado pajarito se agitó, inquieto. Despertó, sacudiéndose, y alzó la cabeza. Vieron el vacío de su minúsculo pico al bostezar como con aburrimiento; luego miró en torno y volvió a ocultar la cabeza bajo el ala, mientras sus erizadas plumas volvían poco a poco a quedar inmóviles. Entonces, una ráfaga de aire cortante les dio en el cogote; el pequeño aguijón del aguanieve, hundiéndose en su piel, los despertó como de un ensueño, y notaron frío en los dedos de los pies y cansancio en las piernas, recordando que su hogar se encontraba todavía muy lejos.

Una vez fuera de la aldea, en un sitio donde cesaban brusca-
mente las casas, a ambos lados del camino, aspiraron en la oscuridad el hálito de la acogedora campiña; y, con un duro esfuerzo, se dispusieron a emprender el último trecho de camino,
el que lleva a casa, el que sabemos acabará, más o menos tarde,
en el chirrido del pestillo, la súbita luz de la lumbre y la visión
de las cosas familiares que nos saludan como a viajeros tras
una larga travesía por mar.

Se afanaron con firmeza y en silencio, cada cual perdido en
sus reflexiones. Las del Topo se referían principalmente a la
cena, pues era ya noche cerrada y, al parecer, estaba aún en
país extranjero. El animalito seguía dócilmente al Ratón, que
hacía las veces de guía. Este iba algo adelantado, según su costumbre, inclinados los hombros, la mirada fija en el recto camino gris. Por eso no vio lo que le ocurría al Topo al llegarle
de pronto la misteriosa llamada, agitándolo como una descar-
ga eléctrica.

Los humanos, que hace ya mucho tiempo que hemos perdido los sentidos físicos más sutiles, ni siquiera tenemos vocablos adecuados para indicar la comunicación de los animales
con la cosas que los rodean, sean vivas o no, y usamos, por
ejemplo, la palabra «olor» para incluir en ella toda la serie de
delicados estremecimientos que vibran noche y día, como un
murmullo, en el olfato de los animales, advirtiendo, incitando
o repeliendo. Fue una de estas misteriosas y mágicas llamadas
la que le llegó al Topo desde la oscuridad, produciéndole un
hormigueo con su familiar seducción, aunque de momento no
recordaba claramente su sentido. Se paró en seco, husmeando
de acá para allá, a fin de recobrar el hilo finísimo, la corriente
telegráfica que tanto le conmovía. Un momento después lo había alcanzado de nuevo. Y esta vez le inundaba con él el recuerdo.

¡El hogar! Esto significaban las acariciadoras llamadas, los
suaves toques que flotaban en el aire, las invisibles manecitas
que tiraban y empujaban, todas en la misma dirección. Estaría
muy cerca en aquel momento la antigua casita que tan apresu-

radamente había dejado, sin buscarla de nuevo, el día en que descubriera el río, y le enviaba sus heraldos y mensajeros para apresarlo y traerlo otra vez.

Desde que escapara aquella radiante mañana, apenas le había dedicado un solo pensamiento, tan absorto había estado en su nueva vida, con sus placeres y sorpresas, con sus experiencias inéditas y seductoras. Ahora, con un chorro de antiguos recuerdos, ¡cuán claramente se erguía ante el Topo, en la oscuridad! Modesta, pequeña y con pobre ajuar, pero suya. El hogar que se había hecho para morar en él y al que volvía tan feliz después del cotidiano trabajo.

Al parecer, también la morada se sentía feliz con él y lo echaba de menos, queriendo que regresara. Se lo decía a través de su olfato, melancólicamente, con cierto reproche, pero sin amargura y sin enojo, sólo con un quejumbroso recuerdo de que estaba allí, suplicándole que volviera.

La llamada era clara, el mensaje patente. Debía obedecer inmediatamente y partir.

—¡Ratoncito! —llamó con excitación—. ¡Párate! ¡Ven!

—¡Sigue andando, Topo; vamos! —contestó con alegría el Ratón, siguiendo adelante.

—¡Detente, *por favor!* —le suplicó con angustia el pobre Topo—. ¡No me comprendes! ¡Se trata de mi hogar, de mi viejo hogar! Acabo de percibir su olor, y está cerca, muy cerca. ¡Tengo que volver a mi casa! ¡Tengo que volver! ¡Oh! ¡Retrocede, Ratón! ¡Haz el favor de acercarte!

Pero el Ratón ya se había alejado mucho, demasiado, para oír claramente lo que le gritaba el Topo y advertir la dolorosa súplica que vibraba en su voz. Y estaba muy preocupado por el tiempo, pues también él olía algo... algo muy parecido a los fríos efluvios de la nieve.

—¡No podemos pararnos ahora, amigo Topo! —contestó—. Mañana volveremos a buscar eso que acabas de encontrar, sea lo que fuere. Pero ahora no me atrevo a detenerme. ¡Es tarde, está a punto de nevar y no estoy muy seguro del camino! Además, necesito de tu olfato. De manera que date prisa, amigo Topo, y pórtate como un buen camarada.

El Ratón apretó el paso sin esperar la respuesta.

El pobre Topo se quedó solo en el camino, con el corazón desgarrado y un enorme sollozo formándose en sus entrañas, dispuesto a surgir de un momento a otro en apasionado estallido. Pero, a pesar de aquella prueba, no vaciló su lealtad. Ni siquiera un momento pensó en dejar al amigo. Entre tanto, los efluvios de su viejo hogar le suplicaban, le dirigían sus murmullos, instándole a regresar. Al fin lo reclamaron imperiosamente. El Topo no osó demorarse más en su círculo mágico. Con un tirón que le desgarró las fibras más íntimas, volvió la cabeza hacia el camino y siguió dócilmente las pisadas del Ratón, mientras los apagados y tenues efluvios perseguían su olfato en retirada, reprochándole su nueva amistad y su insensible olvido.

Con un esfuerzo alcanzó al Ratón, muy ajeno a lo que sucedía. Este empezó a hablar animadamente de lo que harían a su regreso, de lo alegre que sería el fuego de troncos en el salón y de la cena que proyectaba, sin advertir ni un momento el silencio y abatimiento de su compañero. Al fin, tras caminar un buen rato, al pasar cerca de unos árboles cortados, junto a un matorral que bordeaba el camino, se detuvo y dijo afablemente:

—Oye, amigo Topo: pareces rendido. No sueltas una palabra y arrastras los pies como si los tuvieses de plomo. Nos sentaremos aquí para descansar un minuto. Por ahora no se decide a nevar, y hemos hecho ya el trayecto más largo del viaje

El Topo se sentó, indiferente, en un árbol cortado y procuró dominarse, pues sentía claramente volverle aquel sollozo, y no quiso darse por vencido. Cada vez más alto, surgió al fin al exterior, y le siguieron otro y otro y muchos más, densos y rápidos; hasta que, al fin, el pobre Topo abandonó la lucha y se echó a llorar sin rebozo, sin poderlo evitar, sabiendo que todo había terminado, que había perdido lo encontrado apenas.

El Ratón, sorprendido y desmayado ante la violencia de

aquel dolor, permaneció un buen rato sin palabras. Al fin dijo en voz baja y cordial:

—¿Qué te pasa, amigo? ¿Qué te duele? Dímelo y veré lo que se puede hacer.

Muy difícil le resultó al pobre Topo articular palabra, entre la agitación de su pecho.

—Ya sé que es . un lugar modesto y pobre —balbució al fin, entre sollozos—. No es como tu casa, tan abrigada, ni como la morada del Sapo, ni como el palacio del Tejón. Pero era mi vieja casita y me gustaba, y me marché de ella, olvidándola, y luego se me llegó de pronto su olor por el camino, cuando te llamé y no quisiste escucharme, y lo recordé todo en un momento. ¡Quería estar allí! ¡Ay! ¿Por qué no quisiste acercarte? Tuve que dejarlo, aunque seguía llegándome su efluvio. Pensé que se me partía el corazón. Podríamos haber ido a echarle sólo un vistazo, nada más que un vistazo, pues estaba muy cerca. ¡Pero no has querido volver la cabeza, no has querido! ¡Ay de mí! ¡Ay de mí!

El recuerdo le trajo una nueva oleada de tristeza y de nuevo se vio dominado por unos sollozos que le impidieron hablar.

El Ratón miraba fijamente ante sí, sin decir nada, limitándose a dar cariñosas palmaditas en el hombro del Topo.

Al cabo de un rato dijo, melancólico:

—¡Ya lo veo ahora! ¡Qué cerdo he sido! ¡Un cerdo, eso soy yo!

Esperó a que los sollozos del Topo disminuyeran un poco y adquirieran un ritmo más regular. Esperó hasta que se hicieron frecuentes los resoplidos y los sollozos fueron sólo intermitentes. Entonces, levantándose de su asiento y observando con indiferencia:

—¡Bueno, amigo, vamos allá!

Emprendió de nuevo el camino, retrocediendo por donde habían venido con no poco trabajo.

—¿Dónde..., ¡jic!..., a dónde vas, Ratón? —preguntó el lloroso Topo, alzando los ojos alarmado.

—Vamos a buscar tu casa, amigo —contestó el Ratón, tratando de animarle—. Es mejor que vengas, pues costará algo dar con ella y necesitaremos tu olfato.

—¡Vuelve aquí! —le gritó el Topo, levantándose y corriendo a su encuentro—. ¡De nada servirá, te lo aseguro! Es demasiado tarde, está muy oscuro y, además, la casa queda lejos y, a lo mejor, nevará. Nunca quise revelarte lo que sentía; ha sido un accidente y un error. ¡Piensa en la orilla del río y en la cena que nos espera!

—¡Al diablo la orilla y la cena! —dijo, animado, el Ratón—. Te aseguro que encontraré ese sitio, aunque tenga que emplear en ello toda la noche. Anímate, amigo. Dame el brazo y no tardaremos en estar allí.

Gangueando aún, suplicando y a regañadientes, el Topo dejó que su imperativo compañero lo arrastrara por el camino en dirección contraria. El Ratón, con un chorro de joviales palabras e historietas, procuró infundirle ánimos otra vez y hacerle más llevadera la interminable ruta. Cuando al fin le pareció que se acercaban a aquel punto del camino donde la misteriosa llamada detuvo al Topo, el Ratón dijo:

—Bueno. Basta de hablar y manos a la obra. Emplea tu olfato y pon la debida atención.

Avanzaron un trecho en silencio, hasta que, de pronto, el Ratón advirtió en el brazo del Topo que se enlazaba al suyo una especie de tenue vibración eléctrica. El Topo se soltó en seguida, retrocedió un paso y se quedó esperando, como al acecho. ¡Sí! ¡Volvían las señales!

Permaneció rígido un momento, mientras con el hocico levantado y trémulo husmeaba el aire.

Luego, una corrida breve y rápida, un error, un paro, un nuevo intento. Al fin, un avance lento, firme y confiado.

El Ratón, muy excitado, iba pisándole los talones, mientras el Topo, como un sonámbulo, cruzó una acequia seca, trepó por un cercado y rastreó el camino por un campo abierto, sin huellas y desnudo a la vaga luz estelar.

De pronto, sin previa advertencia, se hundió en el suelo.

Pero el Ratón estaba alerta y le siguió por la galería a donde lo había conducido su infalible olfato.

Era un pasadizo angosto y sin aire, y parecióle al Ratón que transcurría largo tiempo antes de que pudiese andar erguido y estirarse. El Topo encendió una cerilla, y a su luz vio el Ratón que estaba en un espacio abierto, cuidadosamente barrido y enarenado, y frente a ellos se encontraba la pequeña puerta delantera de la mansión. A un lado, sobre el tirador de la campanilla, leíanse, pintadas en caracteres góticos, estas palabras:

RINCON DEL TOPO

El Topo alcanzó una linterna colgada de un clavo, y el Ratón, mirando en torno, vio que estaban en una especie de jardín. A un lado de la puerta había un asiento de hierro, y al otro un rodillo, pues el Topo, que cuando estaba en casa era un animal muy aseado, no podía sufrir que las demás bestezuelas levantaran la tierra en su habitáculo y formaran montones con ella. Colgaban de las paredes cestos de alambre con helechos, alternando con repisas, sobre las cuales había estatuas de yeso: Garibaldi y el infante Samuel, la reina Victoria y otros héroes de la Italia moderna. A un lado de aquel jardín interior había un senderillo para jugar a los bolos, flanqueado por bancos y por unas mesitas que tenían unos círculos marcados, lo que indicaba que se había bebido en ellas más de un vaso de cerveza. En el centro veíase un pequeño estanque redondo, con carpas de un rojo dorado, y en torno había curiosos adornos trazados con caracolas. En mitad del estanque se erguía una fantástica taza, cubierta también de conchas y coronada por una gran esfera de cristal plateado, que reflejaba, graciosamente deformadas, las cosas de su alrededor y producía un agradable efecto.

El rostro del Topo se puso radiante al ver aquellos objetos tan queridos, y apresuróse a empujar al Ratón por la puerta, encendió una lámpara en el vestíbulo y echó un vistazo a su viejo hogar. Vio por todas partes una gruesa capa de polvo, advirtió el melancólico y abandonado aspecto de la mansión, su angostura, su usado ajuar y se dejó caer en una silla del zaguán, con el hocico entre las patas.

—¡Ay, Ratón! —exclamó con desmayo—. ¿Por qué he hecho esto? ¿Por qué te he traído a este lugar mísero y helado, en una noche así, cuando ahora estarías ya a la orilla del río, calentándote los pies junto a la lumbre, rodeado de las comodidades de tu casa?

El Ratón no prestó mayor atención a los quejumbrosos reproches del Topo. Iba de un sitio a otro, abriendo puertas, inspeccionando estancias y armarios, encendiendo lámparas y bujías y dejándolas por doquier.

—¡Qué encantadora casita! —exclamó intentando dar ánimos a su compañero—. ¡Tan sólida y bien planeada! Nada falta en ella y todo está en su lugar. Vamos a pasar una noche deliciosa. Lo primero que necesitamos es un buen fuego. Ya me cuidaré yo de eso, pues siempre sé dónde encontrar lo que hace falta. Esto es el salón, ¿verdad? ¡Espléndido! ¿Fue tuya la idea de poner esas literas junto a la pared? ¡Qué feliz ocurrencia! Ahora traeré leña y carbón y tú cogerás un plumero (encontrarás uno en el cajón de la mesa, en la cocina), y procurarás embellecer un poco las cosas. ¡Muévete, amigo!

Animado por su animoso compañero, el Topo se incorporó, sacudió y limpió las cosas con brío y decisión, mientras el Ratón, que corría de un lado para otro con brazadas de combustible, no tardó en encender una alegre lumbre, cuyas llamas rugían al elevarse por la chimenea. Llamó al Topo para que acudiese a calentarse. Pero al poco rato el pobre Topo experimentó un nuevo arrebato de tristeza y se dejó caer sobre un lecho, en la desesperación más negra, ocultando el rostro en el plumero.

—¡Ay, Ratón! —gimió—. ¿Y tu cena? ¿Quién se la dará a ese pobre animal helado, rendido y hambriento? ¡No tengo nada, ni siquiera una migaja de pan!

—¡Qué corto eres, amigo! —le reprochó el Ratón—. Ahora mismo acabo de ver un abrelatas en la alacena, y todo el mundo sabe lo que esto significa: que por estos aledaños andarán algunas sardinas en escabeche. ¡Anímate, te digo, y ven conmigo a cazar!

Así lo hicieron, buscando por todos los armarios y abriendo todos los cajones. El resultado no fue deleznable, aunque podría haber sido algo mejor: encontraron una lata de sardinas, una caja de galletas de barco, casi llena, y un salchichón alemán envuelto en papel de estaño.

—¡Esto es un banquete! —observó el Ratón, poniendo la mesa—. Sé de algunos que cederían con gusto sus orejas por el placer de sentarse esta noche a cenar con nosotros.

—¡Pero no tenemos pan! —gimió, desolado, el Topo—. ¡No tenemos mantequilla ni...!

—¡Ni *pâté de foie gras,* ni champán! —le atajó el Ratón, con una mueca—. Ahora se me ocurre una cosa: ¿para qué sirve aquella portezuela que hay a un extremo del pasadizo? ¡Será tu bodega, por supuesto! ¡No falta en esta casa ningún lujo! Aguarda un momento.

Se dirigió a la puerta de la bodega, y volvió a aparecer al poco rato, con algo de polvo encima, trayendo un frasco de cerveza en cada garra y otros dos bajo los brazos.

—Pareces un mendigo regalado, amigo Topo —observó—. No te niegas ningún placer. En verdad que es ésta la casita más encantadora que he visto en mi vida. ¿Dónde pudiste encontrar estos lindos grabados, que dan a la estancia tanta intimidad? No me asombra que le tengas tanto cariño a tu morada. Háblame de ella y cuéntame cómo la fuiste arreglando.

Y mientras el Ratón se ocupaba en traer platos, cuchillos y tenedores, sin olvidar la mostaza, que agitó convenientemente en una huevera, el Topo, con el pecho todavía anhelante por su reciente emoción, refirió, primero tímidamente y luego con mayor libertad, en el calor del tema, cómo había proyectado esto, lo otro y lo de más allá, cómo una tía suya le había regalado tal cosa, cómo había adquirido tal otra a precio de ganga y cómo, para comprar tal valioso objeto, había tenido que ahorrar durante mucho tiempo, haciendo no pocos sacrificios. Recobrado ya el ánimo, sintió deseos de acariciar sus posesiones y, cogiendo una linterna, mostró a su visitante las gracias peculiares de cada objeto, comentándolas largamente y olvidando del todo la cena que tanto necesitaban. El Ratón, que sentía un hambre canina y hacía esfuerzos desesperados para disimularlo, asentía gravemente con la cabeza, examinaba las cosas con el entrecejo fruncido y decía de vez en cuando: *Maravilloso* o *Excelente*, cada vez que se lo permitía la charla del Topo.

Por fin logró el Ratón, mediante una añagaza, hacerlo sentar a la mesa, y empezaba a trabajar seriamente con el abrelatas, cuando se oyó un rumor en el jardín, como leves pisadas en la arena y un confuso murmullo de vocecillas, y les llegaron algunas frases sueltas: «Ahora, todos en fila... Levanta un poco la linterna, Tomasín... Primero, aclararse la garganta... Pero que nadie tosa cuando yo haya dicho *una, dos, tres*... ¿Dónde está el pequeño Bill?... Vamos, ven en seguida; todos te estamos esperando».

—¿Qué ocurre? —inquirió el Ratón, haciendo una pausa en su tarea.

—Supongo que serán los ratones campestres —contestó el Topo, con cierto orgullo—. En esta época del año van por las comarcas cantando villancicos. Son una verdadera institución. Y nunca se olvidan de mí... Suelen hacer su última visita al

Rincón del Topo. A veces, cuando me lo permitían mis recursos, les daba cena y bebidas calientes. El oírlos de nuevo me recordará los buenos tiempos de antaño.

—¡Vamos a echarles un vistazo! —exclamó el Ratón, dando un brinco y corriendo hacia la puerta.

Cuando la abrieron vieron un bello espectáculo, muy propio de la estación. En el jardín, alumbrado por la vaga luz de una linterna de asta, estaban de pie, formando semicírculo, ocho o diez ratoncillos campestres, ceñido el cuello por rojas bufandas de estambre, con las patas delanteras metidas en los bolsillos y pateando lindamente para calentarse los pies. Cruzaban tímidas miradas con sus ojos como bayas relucientes, soltando apagadas risitas, resoplando y aplicando más de una vez al hocico la manga de su chaqueta. Cuando se abrió la puerta, uno de los mayores, que llevaba la linterna, decía precisamente:

«¡Listos! ¡Una, dos, tres!», y sus agudas vocecillas se elevaron en el acto, entonando una de las viejas canciones navideñas que habían compuesto sus antepasados en campos de barbecho cubiertos de escarcha, o sitiados por la nieve en los rincones del hogar, y que habían legado a sus hijos para entonarla en la fangosa calle, bajo las iluminadas ventanas de nochebuena.

VILLANCICO

¡Qué frío hace, aldeanos!
    La puerta abridnos,
aunque entren con el viento
    los copos fríos.
Muy cerca de la lumbre
    dadnos posada,
pues vendrá la alegría
    con la mañana.

Soplándonos los dedos,
    a pie y descalzos,
de allá venimos para
    felicitaros.

Adentro tenéis fuego,
    aquí hay nevada,
mas vendrá la alegría
    con la mañana.

Una estrella nos guía
    a medianoche
y el alma nos inunda
    de alegre goce.
Hoy y siempre tendremos
    dicha y bonanza,
pues vendrá la alegría
    con la mañana.

San José vio una estrella
    sobre el establo.
María no podía
    ya dar un paso.
¡Oh bendito portal,
    benditas pajas,
pues vino la alegría
    con la mañana!

La Navidad los ángeles
felicitaron,
y las bestias felices
desde su establo
adoraron al niño
con algazara,
¡pues llegó la alegría
con la mañana!

Callaron las voces. Los cantores, ruborosos pero sonrientes, se miraron con el rabillo del ojo, y luego reinó el silencio, pero sólo un instante. Entonces, arriba y muy lejos, por la galería que en hora tan avanzada recorrieron, llegaba a sus oídos, como tenue zumbido musical, el repiqueteo alegre y clamoroso de las campanas navideñas.

—¡Muy bien, muchachos! —exclamó el Ratón con toda el alma—. Ahora entrad todos, que os calentaréis a la lumbre y tomaréis algo.

—¡Sí, venid, ratoncillos! —gritó, anhelante, el Topo—. ¡Esto es como en otros tiempos! Cerrad la puerta y acercad ese banco al hogar. Ahora aguardad un minuto mientras nosotros... ¡Ay, Ratón! —exclamó, desesperado, dejándose caer en el banco, a punto de echarse a llorar—. Pero, ¿qué hacemos? ¡Si no tenemos nada que darles!

—Eso corre de mi cuenta —dijo animado el Ratón—. ¡Eh, tú: el de la linterna! Ven aquí, que he de hablarte. Oye: ¿hay alguna tienda abierta a estas horas?

—Claro que sí, señor —contestó respetuosamente el ratón campesino—. En estas épocas del año, nuestras tiendas están abiertas toda la noche.

—Entonces, escucha —dijo el Ratón—. Te marchas en seguida con la linterna y me compras...

Prosiguió la conversación en voz baja, y el Topo sólo pudo oír palabras sueltas, como: «¡Que sean frescos, eh!... No, bastará con una libra... Tráelo de marca *Buggin,* pues no quiero otro... No, que sea del mejor... Si no lo encuentras allí, búscalo en

otro sitio... Sí, por supuesto, elaborado en casa; nada de conservas... Siendo así, haz lo que te sea posible...» Oyóse al fin
un tintineo de monedas pasando de garra en garra. Diéronle al
ratón campestre una gran canasta para sus compras y se marchó velozmente, sin olvidar la linterna.

Los demás ratones, sentados en fila en el banco, como paja-
rillos, y balanceando sus piernecitas, gustaron del fuego a su
sabor y se calentaron los sabañones hasta sentir gran escozor en
ellos, mientras el Topo, que no logró trabar fácil conversación
con los visitantes, se refugió en la historia familiar e hizo recitar
a cada uno los nombres de sus numerosos hermanos, los cuales,
al parecer, eran demasiado jovencitos para permitirles salir a
cantar villancicos aquel año, pero esperaban obtener pronto el
permiso paterno para tan grata labor.

El Ratón, entre tanto, estaba muy ocupado examinando el
marbete de uno de los frascos de cerveza.

—Ahora me doy cuenta de que es *Old Burton* —observó, satisfecho—. ¡Qué buena idea, amigo Topo! ¡Es precisamente lo que
nos hacía falta! Podremos calentar un poco de cerveza con especias. Prepara las cosas, amigo, mientras yo destapo las botellas.

No tardaron mucho en preparar la mezcla, y colocaron la
marmita de hojalata en mitad de las rojas llamas. Al poco, todos los ratoncillos campestres introducían el hocico en la deliciosa bebida, tosiendo y atragantándose, pues la cerveza hervi-
da aprieta de veras, y se enjugaban los ojos, riendo y olvidando que en su vida habían sentido frío.

—También hacen comedias esos muchachos —explicó el Topo al Ratón—. Se maquillan ellos mismos y luego representan.
¡Por cierto que lo hacen muy bien! El año pasado nos dieron una
sobre un ratón campestre apresado en el mar por un corsario
berberisco y obligado a remar en una galera. Cuando escapó y
regresó al hogar, la dama de sus amores se había recluido en un
convento... ¡Eh, tú! Tú salías en ella lo recuerdo muy bien. Vamos, recítanos unos versos.

El ratón aludido se levantó, se rio tímidamente, miró en torno de él y se quedó sin palabras. Sus camaradas procuraron animarlo, el Topo le instó afablemente y el Ratón llego a cogerlo por los hombros y lo zarandeó un poco, pero nada pudo vencer aquel terror al público.

Estaban muy ocupados con él, como unos barqueros intentando hacer volver en sí a un náufrago, cuando se oyó chirriar el pestillo, abrióse la puerta y apareció de nuevo el ratón de la linterna, vacilando bajo el peso de la canasta.

No se habló más de comedias cuando esparcieron sobre la mesa el contenido de la cesta, muy sólido y real.

A las órdenes del Ratón, todos se dedicaron a hacer algo o a buscar alguna cosa. En pocos minutos quedó lista la cena, y el Topo, mientras se sentaba a la cabecera como si soñara, vio la alacena, que hacía un instante estaba vacía, rebosante de sabrosas vituallas. Vio pintarse el recojijo en los rostros de sus amiguitos, que se sentaron sin demora a la mesa. Luego empezó a devorar sin más cumplidos, pues estaba hambriento de veras, saboreando las provisiones surgidas como por ensalmo y pensando en lo muy feliz que resultaba, en fin de cuentas, aquel regreso al hogar.

Mientras comían recordaron los viejos tiempos, y los ratones campestres le comunicaron no pocos chismes de vecindad y contestaron lo mejor que pudieron a las mil preguntas que les hizo.

El Ratón apenas habló, ocupado sólo en procurar que todos los invitados se sirvieran con largueza de lo que más apetecían, y el Topo no tuvo que pensar en nada.

Al fin se marcharon muy alborozados y agradecidos, felicitándoles las pascuas y con las faldriqueras de sus chaquetas atiborradas de recuerdos para los hermanitos que se habían quedado en el hogar.

Cuando se cerró la puerta tras el último y se apagó a lo lejos el tintineo de las linternas, el Topo y el Ratón avivaron el fuego, acercaron a él las sillas, preparándose un último trago de cerveza especiada y comentaron las ocurrencias del día.

Finalmente, el Ratón, con un tremendo bostezo, dijo:

—Amigo Topo, estoy que me caigo. Decir que estoy soñoliento es quedarse corto. ¿Tu litera es ésa? Bueno, pues yo me quedo con ésta. ¡Qué deliciosa casita! ¡Todo está tan a mano!

Trepó a su litera, rodó suavemente entre las sábanas y lo recogió el sueño sin dilación, como un haz de cebada en los brazos de una máquina segadora.

También el rendido Topo sintió gran contento al acostarse sin demora, y no tardó en reclinar la cabeza sobre la almohada, con indecible regocijo. Pero, antes de cerrar los ojos, los dejó vagar por su vieja estancia, dulcemente iluminada por el resplandor del fuego, que retozaba, deteniéndose a veces, con las cosas familiares y amigas en las que, sin darse cuenta, estuvo integrado el Topo, y que lo recibían sonrientes, sin rencor alguno.

Su estado de ánimo era el que había preparado sosegadamente el Ratón, lleno de tacto. Vio claramente cuán modesto y sencillo, por no decir miserable, era todo aquello. Pero también advertía lo mucho que significaba para él y el valor de poseer un puerto seguro en la vida. No deseaba dejar su nuevo modo de vivir, con sus espléndidos espacios. Ni volver la espalda al aire y al sol y a todo lo que le ofrecían, para arrastrarse tierra adentro y recluirse en su hogar.

El mundo exterior poseía una atracción demasiado fuerte y seguía llamándolo, aun allí, bajo tierra, y sabía que tendría que volver al más amplio escenario. Pero era muy agradable pensar que poseía aquel cobijo, aquel lugar que le pertenecía en exclusividad. Las cosas que se regocijaban viéndolo de nuevo y con cuya sincera bienvenida siempre podía contar.

6. El señor Sapo

Era un radiante amanecer de principios de verano. El río había recobrado sus orillas de siempre y su acostumbrado fluir, y un sobresueño parecía atraer hacia sí, como con unas sogas, todo lo verde, enmarañado y espinoso que surgía del suelo.

El Topo y el Ratón acuático se habían levantado temprano y anduvieron muy atareados en lances de botes, pues empezaba la época propicia para bogar. Pintaron, barnizaron, arreglaron remos y remendaron almohadones, buscando bicheros perdidos y otras cosas. Y terminaban el desayuno en el pequeño salón, discutiendo animadamente los planes del día, cuando se oyó una fuerte llamada.

—¡Qué fastidio! —exclamó el Ratón, muy ocupado despachando un huevo duro—. Ve a ver quién es, amigo Topo, como buen muchacho, puesto que ya has terminado.

El Topo se dirigió a la entrada y el Ratón le oyó soltar una exclamación de asombro. Luego, el primero abrió de par en par la puerta de la sala y anunció con mucho empaque:

—¡El señor Tejón!

Era, en verdad, maravilloso que el Tejón los visitase con toda solemnidad, pues no solía dedicar a nadie tales atenciones. Si alguien lo necesitaba con urgencia, tenía que sorprenderlo mientras se deslizaba con sigilo a lo largo de un seto, muy de mañana o por la noche. O tenía que buscarlo en su propia morada, en pleno bosque, lo cual era toda una hazaña.

El Tejón avanzó por la estancia con recias pisadas y miró a las dos bestezuelas con mucha gravedad. El Ratón soltó sobre los manteles la cucharilla con que comía el huevo y se quedó boquiabierto.

—¡Ha sonado la hora! —dijo al fin el Tejón, muy solemne.

—¿Qué hora? —preguntó inquieto el Ratón, echando un vistazo al reloj de la chimenea.

—La hora *de quién*, debiste preguntar —contestó el Tejón—. Pues, por supuesto, ¡la hora del Sapo! Os dije que me encargaría de él en cuanto terminase el invierno, y hoy mismo pondré manos a la obra.

—¡La hora del Sapo, claro está! —exclamó entusiasmado el Topo—. ¡Hurra! ¡Ahora lo recuerdo! ¡Le enseñaremos a ser un Sapo sesudo!

—¡Y esta misma mañana! —prosiguió el Tejón, sentándose en una butaca—. Anoche supe, de fuente fidedigna, que un nuevo coche, con poderoso motor, llegará a la casa del Sapo para probarlo. Acaso en este mismo instante el Sapo ande ocupado vistiendo aquellos arreos de singular fealdad que tanto le gustan y con los cuales deja de ser un Sapo relativamente bien parecido para convertirse en objeto de repulsión para todas las bestias prudentes. Hemos de actuar antes de que sea demasiado tarde. Vosotros me acompañaréis a su casa, y lo salvaremos.

—¡Sí! —exclamó el Ratón, dando un brinco—. Salvaremos a ese desgraciado. Al terminar nuestra obra será otro.

Emprendieron la marcha para llevar a cabo su misión humanitaria. El Tejón iba delante. Los animales, cuando van juntos, avanzan prudentemente en fila india, en vez de esparcirse por el sendero, sin poder ayudarse en caso de peligro o dificultad.

Llegaron a la avenida del Sapo y encontraron, como había adelantado el Tejón, un reluciente coche nuevo, de gran tamaño y de color rojo claro (el preferido del Sapo), parado frente

92

a la casa. Mientras se acercaban a la puerta, abrióse ésta de par en par, y el dueño de la casa, ataviado con gafas de motorista, gorra, polainas y un enorme abrigo, bajó los escalones con paso apresurado, poniéndose sus largos guantes.

—¡Hola, amigos! —exclamó con alegría al verlos—. Llegáis muy a tiempo para acompañarme en un delicioso... un delicioso..., ejem..., delicioso...

Falló su cordial acento y apagóse al fin su voz al notar la severa e inflexible expresión de sus amigos, y su invitación quedó incompleta.

El Tejón subió los peldaños, resuelto.

—Llevadlo dentro —ordenó con severidad a sus compañeros.

Luego, mientras empujaban por la puerta al Sapo, que luchaba, protestando, volvióse al conductor del nuevo coche.

—Temo que hoy no se van a necesitar sus servicios —le dijo—. El señor Sapo ha cambiado de idea. Ya no quiere el coche. Le ruego comprenda que se trata de una decisión irrevocable. No se moleste en esperar.

Después siguió a los demás hacia el interior de la casa y cerró la puerta.

—¡Vamos! —le dijo al Sapo, cuando estuvieron los cuatro en el vestíbulo—. Ante todo, quítate esos trastos ridículos.

—¡No quiero! —replicó el Sapo, con gran energía—. ¿Qué significa este grosero insulto? Requiero una inmediata explicación.

—Pues quitádselos vosotros —ordenó el Tejón lacónicamente.

Tuvieron que derribar al Sapo, que daba puntapiés y profería toda suerte de palabrotas, antes de poder empezar. El Ratón se le sentó encima, el Topo le quitó poco a poco sus atavíos y luego lo levantaron. Gran parte de su jactancia pareció evaporarse al quitarle sus pomposos arreos. Ya simple Sapo y no terror de las carreteras, soltaba unas risitas y miraba alternativamente a sus amigos con ojos suplicantes, como comprendiendo la situación.

—Ya sabías que, tarde o temprano, debía acabar así —le

93

explicó severamente el Tejón—. No prestaste oído a ninguna de nuestras advertencias, derrochaste el dinero que te dejó tu padre, los habitantes de esta región hemos adquirido mala fama a causa de tu alocado conducir, de tus choques y tus trifulcas con la policía. Muy bien está la independencia, pero los animales no podemos permitir que nuestros amigos rebasen ciertos límites con sus temeridades y éste es el punto al que has llegado tú. Pero como en muchos aspectos eres un buen sujeto, no me propongo tratarte duramente. Intentaré un nuevo esfuerzo para hacerte entrar en razón. Vendrás conmigo al fumadero y te diré algo referente a tu persona. Veremos si sales de esa estancia convertido en otro.

Lo cogió firmemente por el brazo, lo condujo al fumadero y cerró la puerta.

—¡Será inútil! —exclamó despectivamente el Ratón—. Hablarle al Sapo nunca lo curará. Es capaz de asentir a cualquier cosa.

Se arrellanaron en unas butacas y esperaron pacientemente. A través de la cerrada puerta oían el largo y continuo zumbido de la voz del Tejón, que subía y bajaba con ondulante elocuencia. Al poco rato observaron que puntuaban de cuando en cuando el sermón unos largos sollozos, surgidos sin duda del pecho del Sapo, que era de suyo afectuoso y blando de corazón, y al cual se convencía fácilmente, aunque no por demasiado tiempo, de cualquier punto de vista.

A los tres cuartos de hora, poco más o menos, se abrió la puerta y volvió a aparecer el Tejón, conduciendo solemnemente por la pata al renqueante y alicaído Sapo. Colgábale la piel, le temblaban las piernas y surcaban sus mejillas unas lágrimas tan abundantemente provocadas por el emotivo discurso del Tejón.

—Haz el favor de sentarte, amigo Sapo —le dijo afablemente el Tejón, indicando una silla—. Amigos míos —prosiguió—, tengo el placer de comunicaros que el Sapo ha comprendido al fin el error de su conducta. Está sinceramente arrepentido, y

ha decidido dejar los coches para siempre. Así me acaba de prometer con toda solemnidad.

—Excelente noticia —dijo gravemente el Topo.

—Así sería, en verdad —observó dudoso el Ratón—, con tal
que...

Al hablar tenía la mirada fija en el Sapo, y le pareció percibir como un vago guiño en el ojo, todavía triste, de la bestezuela.

—Sólo falta una cosa —continuó el Tejón satisfecho—. Quiero, amigo Sapo, que repitas solemnemente ante tus amigos lo
que acabas de afirmar en el fumadero. En primer lugar: ¿la-
mentas lo que has hecho y comprendes tu locura?

Hubo una pausa larga, muy larga. El Sapo miró, desesperado, a una y otra parte, mientras los otros aguardaban con grave
silencio. Al fin habló.

—¡No! —dijo con cierta hosquedad, pero resuelto—. No lo
lamento. Y no era ninguna locura. ¡Era maravilloso!

—¡Cómo! —exclamó el Tejón, muy escandalizado—. ¿No me
acabas de decir, recalcitrante animal, en esa estancia...?

—¡Oh, sí, sí, en esa estancia! —le interrumpió el Sapo, impaciente—. Allí hubiera dicho cualquier cosa. Estabas tan elo-
cuente, conmovedor y persuasivo, y argumentabas tan bien, que
allí podías hacer de mí lo que quisieras, y tú lo advertías claramente. Pero, desde entonces, he buceado en mi interior, recapa-
citando mucho, y veo que no me duele mi conducta ni estoy
arrepentido. ¿Por qué habría de asegurar lo contrario? ¿Serviría de algo?

—Entonces, ¿no quieres prometer que no tocarás jamás ningún otro coche? —preguntó el Tejón.

—¡Claro que no! —replicó con énfasis el Sapo—. Por el contrario: prometo, con toda buena fe, que iré, *¡pup, pup!,* en el primer coche que pase.

—¿No te lo dije? —preguntó el Ratón al Topo.

—Bueno —dijo con firmeza el Tejón, levantándose—. Puesto que no quieres ceder por la persuasión, veremos lo que logra
la fuerza. Ni un momento he dejado de temer que acabaríamos

95

así. Más de una vez nos pediste que viniésemos a compartir contigo tu bellísima mansión, y ahora aceptamos. Cuando te hayas convencido de lo que te conviene, nos iremos. No antes. Llevadlo arriba y encerradlo en su dormitorio. Luego trataremos de nuestras cosas.

—Lo hacemos por tu bien, amigo Sapo —le dijo afablemente el Ratón, mientras los dos fieles amigos conducían por la escalera a la recalcitrante bestezuela, que pataleaba y se agitaba furiosamente—. Piensa en lo mucho que nos divertiremos todos, como en otros tiempos, cuando hayamos dominado esa penosa dolencia tuya.

—Te lo cuidaremos todo hasta que estés bueno, amigo Sapo —añadió el Topo—, y procuraremos que no se malgaste tu dinero como hasta ahora.

—Ya no tendrás lamentables incidentes con la policía —dijo el Ratón, mientras lo metían a viva fuerza en su dormitorio.

—Ni pasarás más semanas en el hospital, obedeciendo a enfermeras— añadió el Topo, echando la llave.

Bajaron la escalera, mientras el Sapo les dirigía insultos por el ojo de la cerradura, y los tres amigos se reunieron para tratar de la situación.

—Será una tarea fastidiosa —dijo el Tejón, suspirando—. Jamás he visto al Sapo tan resuelto. Sin embargo, llegaremos al fin. No hay que dejarlo un instante sin vigilancia. Tendremos que establecer turnos para estar con él hasta que haya eliminado las toxinas de su organismo.

Establecieron, pues, las guardias. Los tres amigos se turnaban por la noche, durmiendo en la habitación del Sapo, y se dividieron, igualmente, la vigilancia durante el día. Al principio, el Sapo apareció muy molesto para sus precavidos guardianes. En el paroxismo de sus violentos ataques, disponía las sillas del dormitorio en forma de automóvil y se acurrucaba en las delanteras, inclinado y mirando fijamente ante sí, haciendo extraños y desagradables ruidos, hasta que, al llegar la crisis, daba una tremenda voltereta y caía tendido entre las ruinas de las sillas, satisfecho al parecer por el momento. Con el tiempo, los ataques fueron menos frecuentes, y sus amigos procuraron distraerlo dirigiendo su atención hacia nuevas actividades. Pero no pareció revivir su interés por otras cosas, y tenía un aspecto lánguido y deprimido.

Cierta radiante mañana, el Ratón, al llegarle el turno, subió la escalera para relevar al Tejón, al que encontró muy deseoso de salir y estirar las piernas en un largo paseo por su bosque y por su cobijos y galerías.

—El Sapo todavía está en cama —le dijo al Ratón en el umbral—. Apenas se le saca nada, como no sea aquello de *Dejadme. No quiero nada. No tardaré en estar mejor. Se me pasará con el tiempo. No te preocupes demasiado.* ¡Pero fíjate, Ratón! Cuando el Sapo está tranquilo y dócil y parece el muchacho más aplicado de una escuela dominical es cuando mejor representa su comedia. Seguramente tramará algo. Lo conozco de sobra. Pero ahora tengo que marcharme.

—¿Cómo va esa salud, compañero? —preguntó con jovialidad el Ratón, acercándose a la cama del Sapo.

Tuvo que esperar la respuesta algunos minutos. Al fin, una débil voz le contestó:

—¡Gracias, Ratoncito! ¡Qué amable eres! Pero dime primero cómo estáis tú y el agradable Topo.

—Muy bien, gracias —contestó el Ratón acuático—. El Topo —añadió con prudencia— ha salido a dar una vuelta con el Tejón. Estarán fuera hasta la hora del almuerzo, de modo que tú y yo pasaremos una agradable mañana, y haré cuanto pueda para divertirte. Levántate de un brinco, amigo. No te estés dormitando en una mañana así...

—¡Ay, mi buen Ratón! —murmuró el Sapo—. ¡Qué poco comprendes mi estado y qué lejos estoy ahora de dar brincos! Tal vez nunca los vuelva a dar. Pero no te preocupes. Me duele ser una carga para mis amigos, y espero que no lo seré ya por mucho tiempo. Casi lo estoy deseando.

—Así lo espero también —dijo el Ratón cordialmente—. Hasta ahora nos has fastidiado bastante, y me alegra enterarme de que esto va a terminar. ¡En un tiempo así, precisamente cuando empieza la temporada de los botes! ¡Vaya, que nos estás haciendo una jugarreta, amigo Sapo! No nos duelen las molestias, pero sí las mil cosas que nos haces perder.

—Pues yo creo que las molestias son lo que más os duele —repuso lánguidamente el Sapo—. Lo comprendo muy bien. Es naturalísimo. Estáis cansados de cuidarme. No puedo pediros que os ocupéis más de mí. Soy un estorbo, ya lo veo.

—Lo eres, en efecto —asintió el Ratón—. Pero te aseguro que todas las molestias serían para mí llevaderas si lograse que al fin recobraras el juicio.

—Si eso es cierto, Ratoncito —murmuró el Sapo con voz más débil que nunca—, te suplicaría, probablemente por última vez, que fueras a la aldea lo antes posible, quizá sea ya demasiado tarde, a buscar un médico. Pero no te molestes. Sería una nueva incomodidad, y tal vez es mejor que las cosas sigan su curso.

—Pero ¿por qué necesitas ahora un médico? —preguntó el Ratón, acercándose al Sapo y examinándolo.

Yacía, en verdad, muy quieto y estirado. Su voz era más débil y había cambiado mucho su aspecto.

—Seguramente habrás notado estos días... —murmuró el Sapo—. Pero no... ¿Por qué habías de observarlo? El notar las cosas implica siempre una molestia. Tal vez mañana te digas: *¡Ojalá lo hubiese notado antes! ¡Si hubiese hecho algo, por lo menos!* Pero no; es una molestia. No te preocupes: olvida que te lo he pedido.

—Oye, viejo —dijo el Ratón, empezando a sentirse algo alarmado—. Iré a buscar a un médico, por supuesto, si de veras crees necesitarlo. Pero tu estado no lo requiere aún. Hablaremos de otra cosa.

—Temo, amigo mío —dijo el Sapo, con melancólica sonrisa—, que el hablar poco logrará en mi caso. Y tal vez tampoco consigan nada los médicos; sin embargo, debe intentarse todo. Por cierto, al ocuparte de eso (siento mucho darte nuevas molestias, pero recuerdo que pasarás junto a su casa), ¿tendrías inconveniente en avisar también al notario? Me sería muy útil, y hay ciertos momentos en la vida (tal vez debería decir, hay *un momento*) en que se han de afrontar desagradables tareas, aun a costa de las escasas energías que nos queden.

«¡El notario! ¡Oh! ¿Estará malo de veras?», pensó el asustado Ratón mientras salía apresuradamente de la estancia, sin olvidarse, empero, de cerrar bien la puerta.

Una vez fuera, se detuvo para reflexionar. Los otros dos estaban muy lejos y no podía consultar con nadie.

«Vale más asegurar las cosas», se dijo. «Ya he visto otras veces que el Sapo se figuraba estar malo sin ninguna razón. Pero nunca pidió el notario. Si en realidad nada tiene, el doctor le dirá que es un borrico y le dará ánimos, con lo que algo se ganará. Es preferible ir; no me llevará mucho tiempo.»

Corrió, pues, hacia la aldea en su piadosa misión.

El Sapo, que brincó ágilmente del lecho apenas oyó echar la llave, lo observó atentamente desde la ventana hasta que desapareció avenida abajo. Entonces, riéndose con toda el alma, se puso a toda prisa el mejor traje que pudo encontrar, llenóse los bolsillos con el dinero que guardaba en un cajón del tocador y, luego, anudando las sábanas de su cama y atando el extremo de la improvisada cuerda a la columna de la hermosa ventana *estilo Tudor* que adornaba su dormitorio, salió por ella, se deslizó hasta el suelo y, en dirección opuesta a la del Ratón, emprendió el camino con el corazón jubiloso, silbando un aire festivo.

Muy sombrío fue el almuerzo del Ratón cuando, al regresar el Tejón y el Topo, tuvo que enfrentarse con ellos en la mesa y referirles su lamentable e inverosímil historia. Las cáusticas, por no decir brutales, observaciones del Tejón son fáciles de imaginar, y por eso no las reproduzco. Pero resultó penoso para el Ratón que aun el Topo, que en lo posible se puso de parte de su amigo, se atreviese a decirle:

—Esta vez has sido algo ingenuo, Ratón. ¡Mira que engañarte precisamente el Sapo!

—¡Lo hizo con tal maña...! —dijo el alicaído Ratón.

—Sí. Te engatusó como a un ingenuo —terció el Tejón hoscamente—. Pero el hablar no arregla nada. A estas horas seguro que andará ya muy lejos. Lo peor del caso es que presumirá tanto de su imaginado talento que es capaz de cometer cualquier locura. Lo único que puede consolarnos es saber que estamos ya libres y no hemos de perder el tiempo convertidos en centinelas. Pero es preferible que pasemos aún algunas noches en la casa del Sapo. De un momento a otro pueden traerlo en una ambulancia o entre dos policías.

Así habló el Tejón, ignorando lo que les reservaba el futuro y la mucha agua, bastante turbia por cierto, que se deslizaría bajo los puentes antes de que el Sapo volviese a sentarse cómodamente en su antigua morada.

Entre tanto, el Sapo, alegre y alocado, iba con paso vivo por la carretera, a bastantes millas de su casa. Al principio siguió algunos atajos, cruzó más de un campo y cambió de ruta varias veces, temiendo que lo persiguieran. Pero, sintiéndose ya seguro, bajo la radiante sonrisa del sol y con toda la naturaleza aprobando a coro el cántico de alabanza que en lo íntimo de su corazón se entonaba a sí mismo, casi bailaba camino abajo, de pura presunción y contento.

«¡Excelente trabajo!», observó para su capote, con una risita ahogada. «El cerebro contra la fuerza bruta... Y el cerebro salió al fin vencedor, como suele ocurrir siempre. ¡Pobre Ratón! ¿Qué va a decirle al Tejón cuando regrese? Un buen muchacho ese Ratoncito, con muchas cualidades, pero de escasas luces y sin modales. Algún día tendré que encargarme de él y ver si logro convertirlo en una bestezuela de provecho.»

Lleno de tan vanidosos pensamientos, avanzó con largos pasos, erguida la cabeza, hasta llegar a una pequeña villa donde el letrero de la taberna *El León Rojo*, balanceándose en medio de la calle mayor, le recordó que aún no había desayunado y que, después de su caminata, se sentía hambriento. Entró en la posada, pidió la mejor comida que pudieran prepararle en tan poco tiempo y sentóse para despacharla en el salón de café.

Estaría en la mitad, cuando un sonido en exceso familiar para él, acercándose calle abajo, le sobresaltó y le hizo temblar como a un azogado. El *¡pup, pup!* se acercó más y más. Se oyó entrar el coche en el patio de la posada, donde se detuvo, y el Sapo tuvo que asirse a una pata de la mesa para ocultar su incontenible emoción. Al poco rato, los excursionistas entraron en el café, hambrientos, gárrulos y alegres, contando animadamente sus experiencias de la mañana y elogiando los méritos del vehículo que tan bien los trajo. El Sapo estuvo un rato escuchándolos sin perder una sílaba, y al fin ya no pudo dominarse. Salió sigilosamente del salón, pagó la cuenta en el mostrador y, apenas estuvo fuera, brincó sin hacer ruido hacia el patio de la posada. «No creo que sea ningún mal», se dijo, «echarle un vistazo!»

El coche se encontraba en medio del patio, solo, pues los mozos de cuadra y otros posibles espectadores estaban comiendo. El Sapo pasó lentamente en torno del vehículo, inspeccionando, comparando y sumido en profundas reflexiones.

«No sé», se dijo al cabo de un rato, «si éste será de los que se ponen fácilmente en marcha.»

Un momento después, casi sin darse cuenta, cogía el manubrio y le daba vuelta. Al surgir el familiar ruido, la antigua pasión se apoderó del Sapo y se adueñó completamente de él. Como en sueños, ocupó el asiento del conductor, empuñó la palanca y condujo el coche, dando una vuelta por el patio y saliendo bajo el arco del portal. Y, como suele ocurrir en los sueños, todo sentido del bien y del mal, todo temor de las evidentes consecuencias, pareció desvanecerse en la mente del Sapo. Aumentó la velocidad y, mientras el coche recorría la calle como una exhalación y brincaba hacia la carretera, camino del campo, sólo advertía que era el Sapo otra vez, el Sapo desplegando sus más altas cualidades, el terror del tráfico, el dueño y señor de la carretera desierta, ante quien todos debían apartarse si no querían verse arrasados y hundirse en la eterna noche. Mientras volaba, iba entonando una alegre canción, y el coche le hacía eco con su sonoro zumbido. Devoraba milla tras milla a toda velocidad, sin saber adónde iba, entregado al instinto, viviendo su hora, ajeno a lo que pudiera ocurrir.

—A mi modo de ver —observó con humor el presidente del Tribunal—, la única dificultad del caso, por otra parte muy claro, consiste en dilucidar cómo podremos aplicar la suficiente sanción al bribón incorregible y al endurecido bellaco que vemos acurrucado ante nosotros. Veamos. Con las más irrebatibles pruebas ha sido declarado culpable. *Primero,* de robar un valioso automóvil. *Segundo,* de conducirlo de modo que implicaba un peligro público. Y *tercero,* de insultar groseramente a la policía rural. ¿Querrá decirnos el señor letrado cuál es la pena más dura que podemos aplicarle por esos delitos? Sin conceder, por supuesto, al detenido el beneficio de la más leve duda, pues no existe ninguna.

El letrado se rascó la nariz con la pluma. Y observó:

—Algunos considerarían que robar el automóvil es el delito más grave, y tal es, en efecto. Pero el tratar con descaro a la policía implica la sanción más severa, y así debe ser. Suponiendo que el tribunal impusiera doce meses por el robo, que es muy poco; tres años por la alocada conducción del coche, y es pena benigna; y quince por la ofensa, que fue muy grave a juzgar por lo que oímos en la tribuna de los testigos, aunque sólo se dé crédito a la décima parte de lo que oyó el tribunal (yo nunca creo más), estas cifras, correctamente sumadas, ascienden a diecinueve años...

—¡Muy bien! —dijo el presidente.

—...por lo que es mejor dejarlo en veinte y asegurar así las cosas —concluyó el letrado.

—¡Excelente idea! —aprobó el presidente—. ¡Acusado! Haz un esfuerzo y procura levantarte. Esta vez te pasarás veinte años en la cárcel. Y recuerda que, si vuelves a presentarse ante nosotros por cualquier acusación, te aplicaremos castigo mucho más severo aún:

Luego, los brutales esbirros de la ley se abatieron sobre el

103

desventurado Sapo. Lo cargaron de cadenas y se lo llevaron a
rastras del palacio de justicia. Él chillaba, suplicaba y soltaba
patéticas protestas. Cruzaron la plaza del mercado, donde el
bullicioso populacho, siempre severo con el crimen descubierto,
aunque simpatizante con el delincuente no alcanzado aún por la
justicia, le arrojó una lluvia de cuchufletas, zanahorias y dichos
populares. Pasaron junto al griterío de los chicos de la escuela, cuyos inocentes rostros iluminó el placer que hallan siempre
al ver a un caballero apurado. Pasaron bajo la erizada verja de
la prisión, bajo el ceñudo arco del castillo antiguo y sombrío,
cuyas viejas torres se erguían en lo alto. Atravesaron los cuartos
de guardia, atestados de soldadesca que le hacía burla, junto a
centinelas que carraspeaban con hórrido sarcasmo, pues hasta
ellos se atrevían a mostrar el desprecio y el odio que el crimen
les inspiraba. Subieron escaleras de caracol, gastadas por el
tiempo, y pasaron frente a guardias con casco y coraza de acero,
que miraban al reo amenazadoramente bajo sus viseras. Cruzaron patios donde los mastines tiraban de sus cadenas, levantan-

do las garras para alcanzarlo; pasaron cerca de viejos guardianes, que dormitaban junto a un pastel de carne y un frasco de cerveza rubia, con las alabardas apoyadas en el muro. Y siguieron adelante, más allá de la cámara donde estaba el potro de tormento, más allá de la tuerca con la cual torturaban los pulgares y del recodo que conducía al patíbulo secreto, hasta que alcanzaron la puerta del más sombrío calabozo, hundido en las entrañas de aquella prisión. Allí se detuvieron al fin y vieron sentado a un viejo carcelero que sostenía un manojo de enormes llaves.

—¡Mil culebras! —dijo el sargento, quitándose el casco y secándose la frente—. Levántate, viejo lobo, y recoge de nuestras manos a este Sapo vil, criminal de los más feos y redomados. Guárdalo y vigílalo con toda tu destreza; y acuérdate, barbudo, de que, si algo ocurre, responderás con tu cabeza... ¡Ojalá pilléis la peste los dos!

El carcelero asintió sombríamente con la cabeza y puso su sarmentosa mano sobre el hombro del desventurado Sapo. Chirrió en la cerradura la llave cubierta de herrumbre, batió la puerta sonoramente tras ellos, y el Sapo quedó reducido a un inerme prisionero en el más remoto calabozo del castillo más sólido y mejor guardado de una Inglaterra llena de vida.

7. El viento en los cañaverales

Oculto en la sombría maraña de la orilla, el pequeño rey estaba entonando su delicada canción. Eran las diez de la noche, pero el cielo conservaba todavía leves destellos de luz. El sofocante calor de aquella tarde tórrida se apagaba y dispersaba al fresco toque de la breve noche estival. El Topo yacía estirado en la orilla, jadeante aún por la tensión de un día implacable, sin nubes desde la aurora al ocaso, y esperaba el regreso de su amigo. Había pasado el día en el río, con unos compañeros, dejando libre al Ratón acuático para que visitara a la Nutria, como le había prometido tiempo atrás. Y al volver halló la casa oscura y desierta, sin rastro de Ratón, quien sin duda se entretendría con su vieja camarada. Hacía aún demasiado calor para estar dentro. Por eso se echó sobre unas frescas hojas de bardana y recordó los sucesos del día y lo agradables que habían sido todos ellos.

Al poco se oyeron las leves pisadas del Ratón acercándose por la agostada hierba.

—¡Qué delicioso fresco! —dijo, y se sentó, contemplando el río en silencio, pensativo y preocupado.

—Te quedaste a cenar, naturalmente —dijo el Topo al cabo de un rato.

—Me vi obligado a ello —asintió el Ratón—. No permitieron que me marchara antes. Ya sabes lo amables que son siempre. Procuraron hacerme agradable la estancia hasta el momento de irme. Pero yo estuve muy preocupado todo el tiempo, pues veía claramente que les ocurría algo, aunque procurasen disimularlo. Temo, amigo Topo, que se encuentren en un apuro. El pequeño Portly hace días que vuelve a faltar de casa, y ya sabes lo que piensa su padre acerca de él, aunque no aluda mucho a sus temores.

—¡Ah! ¿Ese pequeño? —dijo con indiferencia el Topo—. Y aunque falte, ¿qué? ¿Por qué preocuparse? Siempre se extravía y vuelve a asomar el hocico. Le entusiasman las aventuras, pero nunca le ocurre nada malo. Todos los de la comarca lo conocen y le tienen simpatía, como a la vieja Nutria, y puedes estar seguro de que alguien lo encontrará y lo traerá a casa sano y salvo. ¿No te acuerdas de que una vez dimos con él a muchas millas de su casa, muy tranquilo y alegre?

—Sí, pero esta vez el caso es más serio —explicó con gravedad el Ratón—. Hace ya varios días que falta, y sus padres lo han buscado por todas partes, arriba y bajo tierra, sin encontrar el menor rastro. Han preguntado a todas las bestezuelas, en muchas millas a la redonda, y nadie sabe nada. El padre me ha confesado que el pequeño Portly nada ya muy bien. He visto que, en sus temores, se acordaba de la presa. Hay todavía allí mucha agua, a pesar de encontrarnos en esta época del año, y aquel sitio ha tenido siempre para el pequeño singular atractivo. Además hay trampas y otras cosas, ya lo sabes. La Nutria no suele inquietarse antes de tiempo por lo que pueda ocurrirles a sus hijos. Y ahora está muy intranquila. Cuando me marché salió conmigo. Dijo que necesitaba respirar un poco de aire puro y estirar las piernas. Pero vi claramente que se trataba de otra cosa; empecé a preguntarle, y al fin me confesó la verdad. Iba a pasar la noche velando junto a la presa. ¿Recuerdas el sitio donde estaba antiguamente el viejo vado, antes de que construyeran el puente?

—Lo conozco muy bien —contestó el Topo—. Pero ¿por qué la Nutria ha de vigilar allí?

—Pues porque, al parecer, allí enseñó a nadar a Portly —prosiguió el Ratón—. En aquel sitio poco profundo la arena llega hasta cerca de la orilla. Y allí solía enseñarle también a pescar; Portly cogió en aquel sitio su primer pescado, del que tan orgulloso estaba. Como le gusta tanto al pequeño, cree la Nutria que, al volver de donde esté (si es que el pobre está a estas horas en alguna parte), es probable que se dirija al vado que tanto le entusiasma. O, si lo cruza casualmente, lo recordará muy bien y acaso se quede allí a jugar. Por eso la Nutria va allí a vigilar todas las noches, *por si acaso.*

Guardaron silencio un rato, pensando ambos en lo mismo: en el solitario y dolorido animal acurrucado junto al vado, vigilando y a la espera, en la interminable noche: *por si acaso.*

—Bueno —observó el Ratón al cabo de unos momentos—. Creo que ya es hora de entrar.

—Amigo Ratón —dijo el Topo—, no tengo ánimos para entrar, acostarme y estarme en cama sin hacer nada, aunque, al parecer, no pueda hacerse gran cosa. Sacaremos el bote y bogaremos río arriba. La luna saldrá dentro de una hora, poco más o menos, y entonces buscaremos como mejor se pueda. En todo caso, será mejor que acostarse y no hacer nada.

—Es precisamente lo que yo estaba pensando —asintió el Ratón—. Ésta no es noche para quedarse en cama. No tardará mucho en amanecer, y tal vez los madrugadores, al pasar, nos den noticias del extraviado.

Sacaron el bote. El Ratón empuñó los remos y bogó con precaución. En mitad de la corriente había una estela estrecha y clara que reflejaba vagamente el cielo. Pero donde las sombras de la orilla, los matorrales o los árboles se extendían sobre el agua, parecían tan sólidos como las propias márgenes, y el Topo tenía que guiar el bote con sumo cuidado. A pesar de ser oscura y de parecer desierta, la noche estaba llena de leves rumores, de cantos, charlas y crujidos, delatando el rebullir de los menudos y atareados habitantes, dedicados toda la noche a sus comercios y misiones, hasta que los alumbraran los primeros rayos del sol, enviándolos a un merecido descanso. También los rumores del agua se oían más claramente que durante el día. Sus gorgoteos y leves choques eran más inesperados y próximos. Y a menudo los dos amigos se sobresaltaban, pareciéndoles oír como una llamada.

El horizonte se destacaba, claro y preciso, sobre el cielo, y en cierto punto aparecía muy negro contra una fosforescencia de plata que crecía por momentos, subiendo más y más. Al fin, sobre el borde de la tierra expectante, se alzó la luna con parsimoniosa majestad, hasta que se desprendió del horizonte y se elevó libremente, rompiendo las amarras. Y una vez más el Topo y el Ratón empezaron a distinguir las superficies: anchas praderas, sosegados huertos y el propio río extendido entre sus orillas, todo revelado suavemente, limpio de misterio y temor, radiante como durante el día, pero con una gran diferencia. Los lugares que solían frecuentar los acogieron con otras vestiduras, como si hubiesen huido sigilosamente para ponerse aquellos puros y nuevos atavíos y regresar, silenciosos. Y sonreían, esperando con timidez si los reconocerían bajo el nuevo indumento.

Después de amarrar el bote al tronco de un sauce, los dos amigos desembarcaron en aquel silencioso y plateado reino y exploraron pacientemente los cercados, las oquedades de los troncos, los túneles y sus pequeñas atarjeas, las acequias y las zanjas secas. Embarcándose de nuevo, cruzaron el río y lo remontaron, mientras la luna, serena y destacada en un cielo sin nubes, hacía cuanto podía, aunque lejana, para ayudarlos en su búsqueda. Pero llegó al fin su hora y se hundió hacia el Este de mala gana, dejando a las dos bestezuelas. El misterio volvió a ser dueño y señor del río y la campiña.

Luego, poco a poco, empezó a insinuarse un cambio. Se aclaró el horizonte. El campo y los árboles se hicieron más visibles y ofrecieron un aspecto algo distinto, empezando a desprenderse de ellos el misterio. Un pájaro cantó de pronto y calló en seguida. Surgió una leve brisa, que hizo crujir las cañas y los juncos. El Ratón, que iba a popa mientras el Topo bogaba, se levantó de súbito y escuchó atentamente. El Topo, que con suaves golpes de remo mantenía el bote en marcha mientras escudriñaba las orillas, miró a su amigo con curiosidad.

—¡Ya no se oye! —suspiró el Ratón, volviendo a sentarse—. ¡Qué hermoso, raro y nuevo! Habiendo de acabar tan pronto, casi preferiría no haberlo oído. Me da una penosa nostalgia y parece que nada vale ya la pena sino escuchar de nuevo aquel sonido dulcísimo y oírlo para siempre. Pero... ¡ya vuelve a oírse! —exclamó, poniéndose otra vez alerta.

Permaneció largo rato en silencio, extático y hechizado.

—Ahora se aleja y empiezo a perderlo —dijo al cabo de un rato—. ¡Oh, Topo, qué hermoso es! ¡Qué alegres burbujas, qué júbilo en la fina, clara y feliz llamada del caramillo lejano! Es una música como nunca la soñé. Y es más intensa aún la energía de esa llamada que la dulzura de la melodía que la envuelve. ¡Adelante, Topo, sigue remando! Sin duda esa música nos llama a nosotros.

El Topo, muy intrigado, obedeció.

—No oigo nada —dijo—. Sólo el viento retozando en las cañas, en los sauces y en las mimbreras.

El Ratón no contestó, y tal vez no oyera la observación de su amigo. Arrobado, embebido, trémulo, aquel divino rumor se apoderó de sus sentidos y de su alma indefensa, meciéndola, como un niño inerme pero feliz, en su fuerte y sostenido abrazo.

El Topo remó firmemente, sin decir palabra, y pronto llegaron a un punto donde el río se dividía, formando uno de sus brazos un largo remanso. Con un leve movimiento de cabeza, el Ratoncillo, que hacía ya mucho tiempo había soltado las cuerdas del timón, indicó al remero que se dirigiese al remanso. La marea de la luz era cada vez más intensa, y ya distinguían el color de las flores que adornaban el borde del agua.

—¡Cada vez más claro y más cercano! —exclamó alegremente el Ratón—. ¡Ahora has de oírlo, sin duda! ¡Ah, por fin! ¡Ya veo que lo oyes!

Sin aliento y como con el corazón traspasado, el Topo dejó de bogar, mientras el chorro de aquel jubiloso caramillo lo inundaba como una ola, apoderándose de él enteramente. Vio las lágrimas en el rostro de su camarada y bajó la cabeza, comprendiendo. Permanecieron un rato inmóviles, rozados por la purpúrea lisimaquia que bordeaba la orilla. Pero la imperiosa llamada que se mezclaba con la embriagante melodía se impuso al Topo y, con ademán de autómata, se inclinó hacia los remos. La luz aumentó en intensidad, pero no se oyó cantar a los pájaros como suelen hacerlo al aproximarse la aurora. Y, salvo la celeste música, todo estaba maravillosamente callado.

A ambos lados, mientras se deslizaban hacia delante, la abundante hierba de los prados parecía tener aquella mañana un inefable frescor y lozanía. Nunca habían visto las rosas de un color tan vivo, ni tan desenfrenado el tropel de las mimbreras en flor, ni les había parecido tan dulce y penetrante el olor de la reina de los prados. Luego los murmullos de la próxima presa empezaron a dominar el aire, y una voz íntima les dijo que se acercaban al fin, cualquiera que fuese, que su expedición esperaba.

Amplio semicírculo de espuma, con trémulas luces y relucientes masas de agua verde, la gran presa cerraba el remanso de orilla a orilla, turbada la sosegada superficie con rápidos remolinos y flotantes espumas, y apagaba los demás rumores con su retumbar solemne y apacible. En medio de la corriente, ceñido por el rielante brazo de la presa, estaba anclado un islote, con un espeso borde de sauces, álamos y alisos. Reservado, esquivo, pero lleno de sentido, ocultaba su secreto tras un velo, guardándolo hasta que llegase la hora y, con ella, los llamados y elegidos.

Lentamente, pero sin ningún titubeo, las dos bestezuelas cruzaron el agua agitada y atracaron su lancha en la florida ribera del islote. Desembarcaron en silencio y avanzaron a través de las flores, de las perfumadas hierbas y de la maleza que conducían al llano, hasta llegar a un prado de maravilloso verdor, ceñido por los frutales de la propia naturaleza: los manzanos y los cerezos silvestres, y el endrino.

—Éste es el lugar de la canción soñada, el sitio que me pintaba aquella música —murmuró el Ratón, como en éxtasis—.

Éste es el lugar sagrado; si en algún sitio hemos de encontrarlo, aquí será, sin duda.

De pronto, el Topo sintió un gran miedo, un temor que le trocó en agua los músculos, le hizo inclinar la cabeza y le clavó los pies en el suelo. No era pánico, pues se sentía maravillosamente sosegado y feliz, sino un miedo que le prendaba y poseía, y, sin duda, comprendió que alguna augusta presencia estaría muy cerca. No sin dificultad, volvió la cabeza buscando a su amigo, y lo vio junto a sí agachado, conmovido y presa de violento temblor. Y seguía aún reinando el más profundo silencio en el follaje poblado de pájaros que los rodeaba; y la luz hacíase a cada momento más intensa.

Tal vez nunca hubiera osado levantar la vista, pero, aunque ya había callado el caramillo, su llamada persistía, dominante e imperiosa. No podía negarse a mirar aunque los amenazase con un golpe súbito la muerte si contemplaba con ojos mortales lo que con razón se mantiene oculto. Obedeció, tembloroso, y levantó su humilde cabeza. Entonces, en la límpida claridad del alba inminente, mientras la naturaleza, sonrojada con la plenitud de su increíble color, parecía contener el aliento, fijó la

vista en los propios ojos del Protector y el Amigo. Vio la línea de los curvados cuernos brillando a la creciente luz. Vio la severa nariz aguileña, entre los bondadosos ojos que los miraban con alegría, mientras en la boca barbuda se insinuaba una sonrisa; los ondulantes músculos del brazo apoyado en el amplio pecho; la larga y flexible mano sosteniendo aún el caramillo, que acababa de apartar de los labios entreabiertos; las espléndidas curvas de los miembros hirsutos reposando en el césped con augusta gracia. Vio, por fin, cobijada entre sus pezuñas, profundamente dormida con entera paz y contento, forma menuda, rechoncha e infantil, a la pequeña Nutria. Todo esto vio con gran nitidez bajo el cielo matinal, en un momento intenso que le obligó a contener el aliento. Y a pesar de haber mirado, siguió viviendo. Y con la sensación de vivir mezclábase su profunda maravilla.

—¡Ratón! —se atrevió a murmurar, tembloroso—. ¿Tienes miedo?

—¿Miedo? —susurró el Ratón, con los ojos radiantes de inefable cariño—. ¿Le tendría miedo a *él*? ¡Oh, nunca, nunca! Pero, pero, ¡ay, Topo amigo! A pesar de todo, estoy asustado.

Luego, ambas bestezuelas, postrándose en tierra, inclinaron la cabeza y adoraron.

Súbito y magnífico, el áureo disco del sol mostróse sobre el horizonte, frente a los dos amigos. Y sus primeros rayos, deslizándose entre las hierbas, hirieron los ojos de las bestezuelas, deslumbrándolas. Cuando pudieron abrirlos de nuevo, habíase desvanecido la visión, y el aire estaba lleno de trinos que saludaban a la aurora.

Mientras miraban, hundiéndose en su callada tristeza al darse cuenta poco a poco de cuanto habían visto y perdido, un caprichoso airecillo surgió, danzando, de la superficie del agua y agitó los tiemblos, sacudió las rosas cubiertas de rocío y sopló leve y descuidadamente en el rostro de ambas bestezuelas; con su suave toque les vino un instantáneo olvido. Pues éste es el último y el mejor presente que el bondadoso semidiós ofrece a aquellos a quienes revela su protección: el don del olvido. Lo hace para que no permanezca y se agigante el recuerdo de aquel grato temor, ni ensombrezca toda alegría y placer, malogrando la vida de las bestezuelas auxiliadas en su apuro. Para que vuelvan a ser felices y tengan, como antes, el corazón alegre.

El Topo se frotó los ojos y miró fijamente al Ratón, que dirigía la vista en torno, como desorientado.

—Perdona: ¿qué has dicho? —le preguntó.

—Sólo observé ––dijo el Ratón lentamente— que éste es el lugar adecuado y que, si habíamos de encontrarlo en algún sitio, era precisamente aquí. ¡Mira! ¡Ahí tienes al compañerito! —Y, con un grito de júbilo, corrieron hacia el pequeño Portly.

Mas el Topo permaneció un momento inmóvil, sumido en profundas reflexiones, como quien despierta de un hermoso ensueño y procura recordarlo pero sólo logra captar vagamente el sentido de la belleza. Mas también aquello se desvanece al fin y el soñador acepta con amargura el duro y frío despertar, con todas sus tristezas. Así, el Topo, después de pugnar con su memoria un breve instante, movió la cabeza con melancolía y siguió al Ratón.

Portly despertó con un alegre chillido y rióse de puro contento al ver a los amigos de su padre, que tan a menudo habían jugado con él en otros tiempos. Pero, un momento después, su rostro se descompuso y empezó a buscar en torno, con suplicante quejido. Como un niño que gozó de un sueño feliz en brazos del ama, y al despertar se encuentra solo y en lugar extraño, y busca en armarios y rincones, corriendo de una estancia a otra mientras en su interior crece un dolor callado, así buscó Portly por la isla, obstinada e incesantemente, hasta que por fin llegó el sombrío momento de abandonar la búsqueda y se sentó en el suelo para llorar.

El Topo corrió a consolar a la bestezuela; pero el Ratón, algo rezagado, contempló largo rato, con mirada dudosa, unas huellas de pezuña que se hundían profundamente en el césped.

—Algún... corpulento... animal... pasó por aquí —murmuró lentamente, pensativo.

Y quedóse un buen rato meditando, con el espíritu extrañamente agitado.

—¡Vamos, Ratón! —le gritó el Topo—. ¡Piensa en la pobre Nutria esperando en el vado!

A Portly le consolaron pronto con la promesa de una recompensa: una excursión por el río en el sólido bote del señor Ratón; y las dos bestezuelas condujeron al pequeño junto al agua, lo instalaron cuidadosamente en el fondo del bote y bogaron río abajo. El sol estaba ya muy alto y les inundaba su calor; los pájaros entonaban sus ardientes cánticos sin tasa ni medida; las flores sonreían y saludaban desde ambas márgenes, pero les pareció a los viajeros que se había desvanecido en parte la riqueza, el color y la luz que recordaban haber visto en algún sitio, no sabían dónde.

Alcanzado otra vez el curso principal del río, dirigieron la proa hacia donde sabían que su amiga la Nutria vigilaba, solitaria. Al acercarse al vado familiar, el Topo guió el bote hasta la orilla. Sacaron a Portly, lo dejaron de pie sobre el camino de sirga, le dieron orden de marcha y una afectuosa palmada en el lomo y empujaron la lancha hacia el centro del río. Contemplaron al animalito avanzando como un ánade por el sendero, contento y presumido. De pronto alzó el hocico y se irguió sobre las patas traseras, apretando el paso con agudos gemidos entrecortados por gritos de alborozo. Mirando hacia el río, el Topo y el Ratón vieron erguirse a la Nutria, poniéndose tensa y rígida en el agua poco profunda donde esperaba con muda paciencia, y oyeron su asombrado y alegre ladrido al brincar al camino desde las mimbreras. Luego el Topo, dando un fuerte impulso con un solo remo, hizo virar el bote y dejó que lo arrastrara a su gusto todo el ímpetu del agua, pues su misión había terminado felizmente.

—Siento un extraño cansancio, amigo Ratón —dijo el Topo, apoyándose, rendido, en los remos, mientras se deslizaba el bote a la deriva—. Dirás tal vez que es por haber velado toda la noche, pero recuerda que hacemos otro tanto la mitad de las noches en esta época del año. No; me parece haber vivido ahora mismo una experiencia emocionante y terrible; sin embargo, no ha ocurrido nada de particular.

—Tal vez haya sucedido algo sorprendente y hermoso —murmuró el Ratón, inclinándose y cerrando los ojos—. Me siento como tú, amigo Topo: cansadísimo, pero no en el cuerpo. Por fortuna, contamos con la ayuda del río para que nos lleve a casa. ¡Qué alegría sentir de nuevo el sol penetrándonos hasta los huesos! ¡Escucha el viento retozando en los cañaverales!

—Es como una música…, como una música lejana —dijo el Topo, cabeceando adormilado.

—Eso pensaba yo —murmuró el Ratón, lánguido y ensoñecido—. Una música de danza, de esas tan alegres que fluyen sin cesar. Pero con palabras… De pronto se convierte en palabras y luego vuelve a ser melodía… Las percibo claramente de cuando en cuando, pero después se convierten de nuevo en música y ésta acaba, a su vez, en el murmullo suave de las cañas.

—Tienes mejor oído que yo —dijo el Topo con melancolía—. Yo no percibo esas palabras.

—Intentaré repetírtelas —dijo suavemente el Ratón, aún con los ojos cerrados—. Ahora vuelven a ser palabras otra vez, tenues pero claras: *Para que mi recuerdo en vuestro gozo / no os tenga con el ánimo encogido, / me miraréis cuando la mano os tienda, / pero después esparciré el olvido.*

»Ahora las cañas recogen la canción. *Olvido, olvido*, suspiran y se apaga en crujido leve y susurro. Pero vuelve la voz: *Disparo el cepo que destroza y deja / en sangre el pobre cuerpo muy teñido; / me miraréis cuando la trampa suelte, / pero después ya os llegará el olvido.*

»¡Rema más cerca, Topo, más cerca de los cañaverales! Apenas se percibe la canción y es cada vez más tenue: *Soy bálsamo y socorro; doy aliento / al extraviado y vendo al mal herido / por el húmedo bosque; pero pronto, / de mi presencia les daré el olvido.*

»¡Más cerca, Topo, más cerca! No; ya de nada sirve. La canción se ha convertido en murmullo de cañas.

—Pero ¿qué significan esas palabras? —preguntó el Topo, intrigado.

—Lo ignoro —contestó simplemente el Ratón—. Me limité a repetírtelas cuando llegaban a mi oído. ¡Oh! ¡Ahora vuelven, y, esta vez, qué fuertes y claras! Esta vez, por fin, son una cosa real e indudable: sencilla, apasionada, perfecta.

—Pues gocemos de ella —dijo el Topo, después de esperar pacientemente unos minutos, adormilado bajo el cálido sol.

No se oyó respuesta alguna. Miró en torno y comprendió el silencio. Con una mirada de dicha, pero como si siguiera escuchando aún, el Ratón se había quedado profundamente dormido.

8. Las peripecias del Sapo

Cuando el Sapo se vio encerrado en un calabozo húmedo y maloliente y que la lúgubre oscuridad de una fortaleza medieval se erguía entre él y el mundo lleno de sol y de bien cuidadas carreteras en las que últimamente se había sentido tan feliz, gozando como si todas las rutas de Inglaterra fuesen suyas, se echó al suelo, derramó amargas lágrimas y se abandonó a la más negra desesperación.

«Esto es el fin de todo», se dijo. «Por lo menos, es el fin de mi carrera, y equivale a lo mismo. ¡El Sapo tan bien parecido y popular, rico y hospitalario! ¡El Sapo tan libre, irreflexivo y cortés! ¿Cómo puedo esperar que me suelten, si me encarcelaron tan justamente por robar con tal audacia un hermoso automóvil y por insultar de modo tan espeluznante y poco original a unos gordos y rubicundos policías?»

Los sollozos lo ahogaban.

«¡Estúpido animal!», prosiguió. «Tendré que pudrirme en esta mazmorra hasta que los que se sentían orgullosos de conocerme hayan olvidado mi nombre. ¡Oh prudente Tejón!», añadió. «¡Oh listísimo Ratón y sesudo Topo! ¡Qué buen juicio poseéis! ¡Qué gran conocimiento del corazón humano! ¡Pobre Sapo! ¡Desventurado de mí!»

Con parecidas lamentaciones pasó sus días y sus noches por espacio de varias semanas, rechazando las comidas y hasta los ligeros refrescos que le ofrecían entre ellas, aunque el hosco y anciano carcelero, sabiendo que el Sapo tenía la faldriquera bien provista, le indicó más de una vez que, pagando debidamente, se le podrían facilitar muchas comodidades y hasta lujos.

El carcelero tenía una hija, agradable doncella y de buen corazón, que ayudaba a su padre en los menesteres del cargo. Le gustaban mucho los animales y, además de su canario, cuya jaula colgaba de un clavo, durante el día, en el recio muro de la prisión (con gran molestia de los encarcelados, que querían dormir la siesta), y que envolvía por la noche en la cubierta de un respaldo de butaca, dejándola sobre la mesa del vestíbulo, poseía la muchacha algunos abigarrados ratones y una ardilla de las que se pasan el día entero dando vueltas. La bondadosa chica, sintiendo lástima del desventurado Sapo, dijo un día a su padre:

—No puedo sufrir que esa pobre bestia sea tan desgraciada y adelgace tanto. Deja que la cuide yo, pues ya sabes que los animales me gustan. Le enseñaré a comer en mi mano, a sentarse y otras cosas parecidas.

Contestóle su padre que podía hacer lo que quisiera con la bestezuela. Estaba ya harto del Sapo, de su morriña, de su empaque y de su ruindad.

Aquel mismo día inició la muchacha su piadosa misión y llamó a la puerta del calabozo donde yacía el Sapo.

—Bueno, anímate, Sapo —le dijo afablemente al entrar—. Siéntate, sécate los ojos y sé un animal sensato. Lo que debes hacer ahora es probar un poco la cena. Mira: aquí te traigo parte de la mía. ¡Aún está calentita, recién salida del horno!

Era carne de buey con coles fritas, en dos platos, y su fragancia llenó la angosta celda. El penetrante efluvio de las coles llegó al olfato del Sapo, que yacía postrado en el suelo, bajo el peso de su desventura, y por un instante pensó que tal vez la vida no era tan hueca y desesperada como se había figurado. La prudente chica se retiró, de momento. Pero gran parte del olor a coles fritas permaneció en el calabozo. El Sapo, entre sollozos, husmeó y reflexionó, y, poco a poco, nuevos y estimulantes pensamientos invadieron su imaginación: aventuras caballerescas, poesía, hazañas aún no realizadas; amplias praderas, en las que pacía el ganado, barridas por el sol y el viento; huertas bordeadas de césped y cálidas plantas becerras rodeadas de un coro de abejas... Recordó el reconfortante tintineo de los platos al ponerlos sobre la mesa de su bella mansión, y el rozar de las sillas en el suelo cuando todos los comensales se diponían a la grata tarea. El aire de la angosta celda adquirió un tinte rosado. El Sapo empezó a pensar en sus amigos y en cómo seguramente podrían hacer algo por él; en los abogados, que hubieran gozado mucho con su caso, y en lo insensato que había sido no procurándose la ayuda de algunos; y, finalmente, pensó en su gran perspicacia e infinitos recursos y en todo lo que era capaz de hacer si ponía a contribución su privilegiada mente, con lo que quedó ya casi del todo curado.

Cuando volvió la muchacha, unas horas después, traía una bandeja con una taza de humeante y oloroso té, y un plato en el que se amontonaban gruesas y calientes tostadas con mantequilla, muy morenas por ambos lados, y por cuyos agujeros se deslizaba la manteca en grandes gotas áureas, como miel en un panal. El olor de las tostadas habló al Sapo, con voz clara y persuasiva, de tibias cocinas, de desayunos en radiantes mañanas, con el campo cubierto de escarcha; de abrigados salones con lumbre en las noches invernales, cuando se descansa del paseo, apoyando los pies sobre el guardafuego, después de calzarse cómodas zapatillas; del ronroneo de gatos satisfechos y de los trinos de adormilados canarios. El Sapo volvió a sentarse, se secó lo ojos, sorbió el té y saboreó las tostadas; y no tardó en hablar de sí mismo por los codos, así como de la casa donde vivía, de las hazañas que en ella realizaba, de su importancia social y del gran concepto que de él tenían sus amigos.

La hija del carcelero comprendió que aquel tema le hacía tanto bien como el propio té, y lo animó a seguir charlando.

—Háblame de tu casa: la *Mansión del Sapo* —le dijo—. En verdad que es un bonito nombre.

—Mi casa —explicó el Sapo con orgullo— es una atractiva y completa residencia señorial, de carácter único. Data, en parte, del siglo xi, pero no le falta ninguna comodidad moderna. Instalación sanitaria de las más perfectas. A cinco minutos de la iglesia, de correos y de los campos de golf. Muy a propósito para...

—¡Vaya con la bestezuela! —dijo, riendo, la chica—. No te creas que voy a alquilarla. Cuéntame algo más divertido sobre tu casa. Pero antes espera que te traiga más té y tostadas con mantequilla.

Se alejó, brincando graciosamente, y volvió al poco rato con otra bandeja llena. El Sapo, atacando con avidez las tostadas y recobrada su habitual jovialidad, le habló de su casita de barcas, del estanque para la pesca y del viejo huerto amurallado; de las pocilgas, establos, palomar y gallinero; de la despensa, el lavadero, los armarios de porcelana y las máquinas de planchar (este detalle gustó especialmente a la chica); y evocó también el salón de banquetes y las divertidas reuniones con las demás bestezuelas sentadas a la mesa, mientras él, en sus momentos más brillantes, entonaba canciones, narraba cuentos y todo lo animaba. Luego quiso ella saber de los amigos del Sapo, y le interesó mucho lo que le contó acerca de ellos, de su modo de vivir y sus peculiares pasatiempos. Por supuesto, no le dijo la muchacha que le gustaban los animales en calidad de *mascotas*, pues tenía suficiente juicio para comprender que con ello hubiera molestado mucho al Sapo.

Al darle las buenas noches, tras llenar de agua su jarro y mullirle la paja, el Sapo volvió a sentirse, como antes, una bestezuela entusiasta y satisfecha. Entonó un par de canciones de las que solía cantar durante sus banquetes, acurrucóse sobre la paja y pasó una noche de excelente reposo, con los sueños más placenteros.

Luego, con el correr de los monótonos días, tuvieron otras interesantes charlas; y la chica del carcelero empezó a sentir lástima del Sapo, considerando vergonzoso que encarcelaran a una

122

pobre bestezuela por lo que le parecía a ella un delito muy leve. El Sapo, por supuesto, dada su vanidad, figuróse que el interés que le demostraba se debía a un creciente cariño, y hasta llegó a lamentar que fuese tan hondo el abismo social que los separaba, pues se trataba de una muchacha bien parecida y era evidente que sentía por él profunda admiración.

Cierta mañana, la chica estaba muy pensativa y le contestaba distraídamente. Parecióle al Sapo que no prestaba la debida atención a sus sabrosas ocurrencias y chispeantes comentarios.

—Oye, Sapo —le dijo ella, al cabo de un rato—. Tengo una tía que es lavandera.

—Bueno, bueno —le dijo benigna y afablemente el Sapo—. No importa; no me acordaré más de ello. Yo tengo diversas tías que *debieran* serlo.

—Haz el favor de callar un minuto —insistió la muchacha—. Hablas demasiado: es tu principal defecto, y, como yo hago un esfuerzo para pensar, me distraes y me das jaqueca. Según te decía, tengo una tía lavandera; cuida de la colada de todos los presos del castillo. Como comprenderás, procuramos que no salgan de la familia los empleos remunerados. Se lleva la ropa el lunes por la mañana y la trae el viernes por la noche. Hoy es jueves. He aquí lo que se me ocurre: tú eres muy rico (por lo menos, así me lo dices continuamente), y ella es muy pobre. Unas pocas libras esterlinas nada representarían para ti, y para mi tía significarían mucho. Pienso que, planteando debidamente las cosas (siguiendo bien el rastro, como decís los animales), podríais llegar a un arreglo mediante el cual ella te daría su traje, su cofia y demás, y podrías escapar del castillo en calidad de lavandera. Os parecéis bastante en muchos aspectos, especialmente en la figura.

—¡No, eso no! —exclamó el Sapo, enojado—. A mi modo, tengo una figura muy elegante.

—También la tiene mi tía, a *su* modo —repuso la chica—. Pero haz lo que quieras, bestezuela orgullosa e ingrata. ¡Así tratas a quien se compadece de ti y procura ayudarte!

—Bueno, bueno, está bien; te lo agradezco mucho —se apresuró a decir el Sapo—. Pero escucha: supongo que no querrás que el señor Sapo, dueño de una hermosa mansión, vaya por esos mundos disfrazado de lavandera.

—Siendo así, puedes quedarte aquí en calidad de Sapo —replicóle la muchacha con gran energía—. ¡No querrás salir en carroza de cuatro caballos!

El honrado Sapo siempre estaba dispuesto a admitir que se equivocaba.

—Eres una chica lista y bondadosa —le dijo—, y yo soy, en verdad, un sapo orgulloso y lerdo. Haz el favor de presentarme a tu digna tía, y no dudes de que esa excelente dama y yo llegaremos a un acuerdo satisfactorio para ambas partes.

A la noche siguiente, la chica hizo entrar a su tía en la celda del Sapo, trayéndole su ropa semanal envuelta en una toalla. La anciana señora sabía de antemano lo que debía tratarse en la entrevista, y a la vista de ciertas monedas de oro que el Sapo, con muy buen acuerdo, había dejado en visible lugar sobre la mesa, prácticamente se decidió el asunto, de modo que apenas quedó nada por discutir. A cambio de su dinero, el Sapo recibió un traje de algodón estampado, un delantal, un chal y una raída cofia negra; y lo único que exigió la mujer fue que la dejasen atada y amordazada en un rincón. Explicó que, mediante este convincente artificio, corroborado por las pintorescas fantasías que aduciría ella, confiaba no perder el empleo, pese a las sospechas que infundiría el caso.

Al Sapo le encantó la sugerencia. Le permitiría dejar la cárcel con cierta dignidad, conservando intacta su reputación de sujeto resuelto y peligroso; y gustosamente ayudó a la chica del carcelero en su tarea de hacer parecer en lo posible a su tía víctima de invencibles circunstancias.

—Ahora, amigo Sapo, ha llegado tu turno —dijo la muchacha—. Quítate la chaqueta y el chaleco, pues ya estás bastante gordo sin ellos.

Muerta de risa, le vistió el traje de algodón estampado, arreglóle el mantón conforme al estilo de las lavanderas y anudóle al cuello la raída cofia.

124

—Pareces la propia estampa de mi tía —dijo la muchacha, con una risita—. En tu vida habrás tenido un aspecto tan respetable. Y ahora, adiós, amigo Sapo, y buena suerte. Sigue directamente el camino por donde viniste; y si alguien te dice algo, lo que probablemente ocurrirá, pues, al fin y al cabo, son hombres, puedes contestar en son de broma, pero no olvides que eres una mujer viuda, sin nadie en el mundo y gozando de buena reputación.

Con el corazón oprimido, pero con las más firmes pisadas de que era capaz, el Sapo salió cautelosamente, iniciando lo que parecía una loca y arriesgada empresa; pero no tardó en sorprenderle agradablemente la facilidad con que se le allanaban las cosas, aunque se sentía algo humillado al pensar que tanto su popularidad como el sexo que la inspiraba pertenecían a otra persona. La rechoncha figura de la lavandera, con su familiar traje de algodón estampado, parecía un pasaporte ante el cual se abrían todas las puertas atrancadas y las sombrías verjas; hasta cuando titubeó, en cierta ocasión, no sabiendo qué dirección tomar, vio que lo sacaba de dudas el guardián de la puerta inmediata, deseoso de ir a tomar el té, instándola a que se apresurase, en vez de hacerle esperar allí toda la noche. Las burlas y humorísticas ocurrencias de que fue objeto, y a las cuales, por supuesto, debía contestar de modo rápido y tajante, fueron el principal peligro de la empresa, pues el Sapo era un animal con un fuerte sentido de la propia dignidad y (a su ver) la mayoría de las chanzas eran sosas y no veía en los chascarrillos ni pizca de buen humor. Dominó, sin embargo, el enojo, aunque a duras penas. Adaptó sus réplicas a los interlocutores y al papel representado, y procuró no rebasar los límites del buen gusto.

Le pareció que transcurrían varias horas antes de cruzar el último patio, de rechazar las apremiantes invitaciones del último cuarto de guardia y de apartar los abiertos brazos del postrer centinela, que suplicaba, con simulada pasión, un último beso de despedida. Pero oyó por fin chirriar a su espalda el portillo de la gran puerta exterior, el aire fresco le acarició la sudorosa frente y comprendió que estaba libre.

Sintiendo vértigo ante el fácil éxito de su atrevida hazaña, dirigióse rápidamente hacia las luces de la villa, sin saber lo que haría y sólo con la convicción de que debía apartarse con toda la celeridad posible de aquella vecindad donde la dama a quien representaba era un personaje tan conocido.

Mientras seguía andando, sumido en sus reflexiones, llamáronle la atención unas luces rojas y verdes que brillaban a cierta distancia, a un lado de la villa, y llegaron a su oído el resoplar de las locomotoras y los golpes metálicos de los vagones que hacían maniobras. «¡Ajajá!», pensó. «¡Esto sí que es tener suerte! En este momento, lo que más necesito es una estación de ferrocarril; y, lo que es más todavía, para llegar a ella no tendré que sostener la ficción de este humillante personaje con réplicas agudas, las cuales, aunque eficaces, no contribuyen precisamente a avivar el sentido de la propia dignidad.»

Se dirigió a la estación, consultó el horario y vio que al cabo de media hora iba a salir un tren que pasaría por las proximidades de su casa.

Pidió billete para la estación más cercana a la aldea, cuyo principal adorno era su antigua mansión, y con gesto maquinal buscó el dinero en el sitio donde debía tener el bolsillo de su chaleco. Pero se interpuso el traje de algodón que tan noblemente lo había defendido hasta entonces y que tenía olvidado, y frustró sus esfuerzos. Como en una pesadilla luchó con el misterioso obstáculo que parecía atarle las manos, malogrando todos sus esfuerzos y riéndose de sí mismo, mientras los demás viajeros, formando fila a su espalda, esperaban impacientes, formulando indicaciones más o menos valiosas y comentarios más o menos cáusticos y oportunos. Al fin, del modo que fuere (nunca llegó a descubrir cómo), saltó las barreras y alcanzó su objetivo, llegando a palpar el sitio donde se sitúan invariablemente los bolsillos de los chalecos, y allí... no sólo no encontró dinero, sino que tampoco había faldriquera para guardarlo ni chaleco para sostener el bolsillo.

Con verdadero horror recordó que había dejado en su celda tanto la chaqueta como el chaleco, con su cartera, dinero, llaves, fósforos y estuche de lápices, o sea todo lo que da valor a la vida, todo lo que distingue al animal con muchos bolsillos, señor de la creación, de los seres con una sola faldriquera o sin ninguna, que van por esos mundos gracias a la tolerancia de los demás, sin el necesario equipo para la lucha.

En medio de su desgracia, hizo un desesperado esfuerzo para salir del apuro y, volviendo a sus antiguos y aristocráticos
modales (mezcla de hidalgo rural y de profesor), se dijo a sí
mismo:

—¡Vamos! Veo que me he dejado en casa el portamonedas.
Déme el billete, haga el favor, y mañana le mandaré el dinero.
Aquí, todos me conocen.

El empleado lo miró un momento, fijando los ojos en la raída cofia, y se echó a reír.

—No dudo de que la conocerían todos aquí —dijo—, si in-
tentase a menudo esta jugarreta. Bueno, apártese, señora, que
está impidiendo el paso a los demás.

Un caballero, que hacía unos momentos le daba golpecitos
en el hombro, lo apartó de un empujón y, lo que es peor, le
llamó *buena mujer,* lo cual enojó al Sapo más que todo lo que le
había ocurrido aquella noche.

Desconcertado y lleno de desesperación, vagó a ciegas por
el andén junto al cual el tren esperaba, y las lágrimas se deslizaban a ambos lados de su nariz. Era triste (pensaba) tener a
la vista la seguridad y casi el hogar, y verse detenido por la falta
de unos miserables chelines y por la ordenancista desconfianza
de unos funcionarios a sueldo. No tardaría en descubrirse su
fuga; empezaría la persecución, le alcanzarían, sería objeto de
vilipendio, veríase cargado de cadenas, arrastrado de nuevo a
su prisión y condenado a pan y agua y a dormir sobre paja. Se
doblarían sus guardianes y sus penalidades; y, además, ¡qué sar-
cásticas observaciones se permitiría la chica del carcelero! ¿Qué
hacer? Era incapaz de andar aprisa y, desgraciadamente, a una
legua de distancia reconocerían su figura. ¿No podría acurru-
carse bajo un asiento? Había visto emplear este procedimiento
a los escolares cuando invertían en mejores fines el dinero que
les entregaban sus padres para efectuar un viaje. Mientras re-
flexionaba, se encontró frente a la locomotora, a la cual lubri-
caba, pulía y cubría de caricias su cariñoso conductor, hombre
alto y corpulento, que llevaba en una mano una lata de aceite
y en la otra un manojo de cabos de algodón.

128

—¡Hola, comadre! —le dijo el maquinista—. ¿Qué le pasa? La verdad es que no parece muy alegre.

—¡Ay, buen señor! —dijo el Sapo, rompiendo de nuevo a llorar—. Soy una pobre lavandera y acabo de perder el dinero que llevaba, por lo cual no puedo pagar el billete. Lo malo es que debo estar en casa esta misma noche, sea como sea, y no encuentro forma de salir del apuro. ¡Ay de mí! ¡Qué desgraciada soy!

—Mal asunto —observó el maquinista, pensativo—. Conque ha perdido el dinero y debe volver a casa, y, a lo mejor, tendrá chiquillos, ¿verdad?

—Toda una caterva —asintió el Sapo, sollozando—. A estas horas tendrán hambre, y jugarán con los fósforos, y derribarán las lámparas, ¡los angelitos! Y armarán el gran zipizape. ¡Ay de mí! ¡Qué desgraciada soy!

—Bueno; yo le daré una solución —dijo el buen maquinista—. Usted es lavandera, ¿no? Perfectamente. Mi profesión, como puede ver, es la de maquinista; no puede negarse que es oficio de los más sucios. Se gastan las camisas a docenas y mi mujer está ya de coladas hasta la coronilla. Si quiere usted lavarme algunas cuando llegue a casa y mandármelas luego, le permitiré hacer el viaje. Es contrario a los reglamentos, pero en esta apartada región no andamos con remilgos.

Al subir ágilmente al puesto del maquinista, la tristeza del Sapo trocóse en éxtasis. Claro que en su vida había lavado una camisa y no hubiera sabido hacerlo aunque lo hubiese intentado (cosa que, por otra parte, no se proponía). Pero pensó: «Cuando esté otra vez en casa, sano y salvo, y vuelva a tener dinero y bolsillos donde meterlo, enviaré al maquinista una cantidad suficiente para pagar buen número de coladas, y será lo mismo, o tal vez mejor.»

El guardagujas hizo una señal con la bandera, el maquinista contestó soltando un alegre silbido y el tren salió de la estación. Mientras aumentaba la velocidad y el Sapo contemplaba a ambos lados auténticos campos y árboles, setos, vacas y caballos, pasando todo como una exhalación, y mientras pensaba que

cada minuto le aproximaba a su antigua casa, a los simpáticos amigos, al dinero que haría tintinear en su faldriquera, a un blando lecho para descansar, a los sabrosos manjares con que se regalaría, al elogio, a la admiración y a la solemne exposición de sus aventuras y de su insuperable perspicacia, empezó a dar brincos y voces y a entonar fragmentos de canciones populares, con no poco asombro del maquinista, que, aunque muy de tarde en tarde, tuvo ocasión de tratar con lavanderas, jamás vio una como la que viajaba entonces con él.

Habían ya cubierto muchas millas, y el Sapo pensaba en lo

que cenaría en cuanto llegara a su casa, cuando observó que el maquinista, con expresión de perplejidad, se inclinaba sobre la baranda de la locomotora y escuchaba atentamente. Lo vio después subirse sobre el carbón y otear por encima de los vagones; volvió al poco rato y dijo al Sapo:

—¡Qué raro! Somos el último tren que circula hoy en esta dirección, y juraría que nos sigue otro.

El Sapo dejó en el acto sus frívolas piruetas. Quedóse muy serio y deprimido, y un agudo dolor en la parte inferior del espinazo, que le afectaba también las piernas, le obligó a sentarse, haciendo un desesperado esfuerzo para no pensar en los riesgos que corría.

La luna brillaba ya claramente, y el maquinista, afianzándose sobre el carbón, dominaba con la vista una buena extensión de la vía.

Al poco rato gritó:

—¡Ya lo veo! ¡Es una máquina, en nuestra vía, y viene a gran velocidad! ¡Parece que la están persiguiendo!

El desventurado Sapo, acurrucado sobre el polvillo de car-

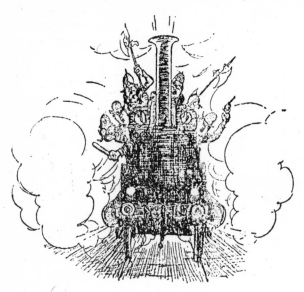

bón, se exprimía el cerebro, pero, desgraciadamente, nada se le ocurría.

—¡Nos ganan terreno, y de prisa! —exclamó el maquinista—. En esa máquina va la gente más rara: hombres como guerreros antiguos, blandiendo alabardas; policías con su casco, agitando la porra; y unos sujetos muy raídos, con bombín, los cuales, a pesar de la distancia, se echa de ver que son agentes de policía con traje de paisano, y amenazan con revólveres y bastones. Todos blanden algo y gritan lo mismo: «¡Paren! ¡Paren! ¡Paren!».

El Sapo, cayendo de rodillas sobre los carbones y alzando las manos suplicantes, exclamó:

—¡Sálveme, sálveme, señor maquinista, y se lo confesaré todo! ¡No soy la lavandera que parezco! ¡No tengo chicos que me aguarden en casa! Soy un Sapo, el conocido y popular señor Sapo, propietario rural. Acabo de escapar, gracias a mi osadía e ingenio, de la repugnante mazmorra donde me sepultaron mis enemigos; y si me cogen esos de la máquina, el inocente y desventurado Sapo se verá otra vez cargado de cadenas, condenado a pan y agua, a dormir sobre paja y a la más negra desesperación.

El maquinista le dirigió una severa mirada, diciéndole:

—Confiesa ahora la verdad, amigo. ¿Por qué te encarcelaron?

—No fue por ningún delito grave —dijo el pobre Sapo, sonrojándose mucho—. Sólo pedí prestado un automóvil mientras sus propietarios estaban comiendo; en aquel momento no lo necesitaban. Pero la gente, sobre todo los magistrados, suelen tomar muy a pecho las acciones irreflexivas y vehementes.

El maquinista se puso muy serio y dijo:

—Temo que has sido en verdad un sapo malo y, obrando rectamente, debería entregarte a la justicia. Pero es evidente que pasas un tremendo apuro y no te abandonaré. En primer lugar, no me gustan los automóviles; y, por otra parte, tampoco me agrada que me dé órdenes la policía cuando estoy en mi máquina. Además, ver llorar a una bestezuela me produce un sentimiento raro y que ablanda el corazón. ¡Anímate, pues, amigo Sapo! ¡Haré lo que pueda, y tal vez ganemos la partida!

Amontonaron más carbones, manejando la pala con frenesí. Rugía el horno, volaban las chispas, agitábase y brincaba la máquina, pero sus perseguidores les ganaban aún terreno poco a poco. El maquinista, exhalando un suspiro, secóse la frente con su manojo de cabos de algodón y dijo:

—Creo que de nada va a servir, amigo Sapo. Ya ves que corren de lo lindo y su máquina es mejor que la nuestra. Sólo una cosa nos resta hacer, y es tu única posibilidad de salvación; conque fíjate bien en lo que voy a decirte. No lejos de aquí hay un largo túnel y, a su salida, la línea cruza un espeso bosque. Daré toda la velocidad al pasar por el túnel, pero esos sujetos frenarán algo, claro está, temiendo un accidente. Cuando alcancemos la salida, cerraré el vapor y frenaré con energía, y, en cuanto puedas hacerlo sin peligro, debes saltar y ocultarte en el bosque, antes de que salgan del túnel y te vean. Luego pondré otra vez el tren a toda marcha, y que me persigan, si quieren, todo el tiempo que les apetezca.

Siguieron amontonando carbón; el tren penetró en el túnel como una flecha, y voló, rugió y rechinó la máquina, hasta que al fin salieron como una tromba por el otro extremo al aire fresco y al apacible claro de luna, y vieron tenderse a ambos lados de la línea el bosque sombrío y acogedor. El maquinista cerró el vapor y echó los frenos. El Sapo bajó al estribo y, cuando el tren hubo moderado suficientemente la marcha, oyó gritar al maquinista:

—¡Ahora! ¡Salta!

El Sapo dio un brinco, rodó por un terraplén no muy alto, levantóse sin daño, corrió al bosque y se ocultó.

Asomándose cautelosamente, vio que su tren volvía a adquirir velocidad y desaparecía a gran marcha. Luego salió del túnel la máquina perseguidora, rugiendo y silbando, mientras su abigarrado pasaje blandía las armas y gritaba: «¡Paren! ¡Paren! ¡Paren!». Cuando hubieron pasado, el Sapo soltó una franca risa..., la primera desde que lo habían metido en la cárcel.

Pero no tardó en ahogarse su risa al pensar que era muy tarde, que estaba oscuro y hacía frío, que se hallaba en un bosque desconocido, sin ningún dinero ni probabilidades de cena, y muy lejos aún de sus amigos y su hogar. Después de los rugidos y chirridos del tren, el mortal silencio que lo rodeaba producíale una desagradable sorpresa. No se atrevía a dejar el cobijo de los árboles, por lo que se adentró en el bosque, con el propósito de dejar lo más lejos posible la vía férrea.

Después de pasar tantas semanas entre muros, encontró el bosque extraño, hostil y como inclinado a hacerle burla. Las chotacabras, con su mecánica matraca, le hacían creer que el bosque estaba lleno de guardianes que le perseguían. Un búho, descendiendo sigilosamente hacia él, le rozó el hombro con el ala y le hizo dar un salto, con la horrible certidumbre de que ya lo cogían; luego revoloteó como una falena, riéndose por lo bajo con su *¡Jo, jo, jo!*, lo que juzgó el Sapo de pésimo gusto. En cierto sitio se cruzó con el Zorro, que se detuvo, lo contempló de arriba abajo sarcásticamente y le dijo:

—¡Hola, lavandera! ¡Esta semana falta un calcetín y una funda de almohada! ¡Cuidado con que vuelva a ocurrir!

Y se marchó con aire fanfarrón, riéndose tontamente.

El Sapo buscó una piedra para tirársela, pero no logró encontrarla, lo que le molestó en extremo. Al fin, aterido, hambriento y cansadísimo, buscó cobijo en la oquedad de un árbol, donde se arregló un lecho lo más cómodo que pudo con ramitas y hojarasca, y durmió profundamente hasta el siguiente día.

9. En camino todos

El Ratón de Agua estaba impaciente sin saber por qué. Al parecer, el sol estival estaba aún en pleno esplendor, y aunque en las tierras de labranza había sucedido el oro al verde y en los fresnos asomaba ya un color de púrpura y salpicaba los bosques un salvaje tinte leonado, la luz, el color y los espléndidos matices persistían en pleno auge, sin ningún helado augurio otoñal. Pero el constante coro de las huertas y los setos se había reducido a casuales cánticos del atardecer, entonados por unos pocos cantores que aún se mantenían firmes. Se oía de nuevo al petirrojo, y en el aire vibraba una sensación de mudanza y partida. Hacía ya mucho tiempo, claro está, que no cantaba el cuclillo; y también faltaban muchas otras aves amigas que durante largos meses habían formado parte del paisaje familiar y del pequeño círculo de sus pobladores. Se hubiera dicho que sus filas se reducían más y más.

El Ratón, que solía observar los movimientos de las aves, vio que cada día se dirigían más hacia el sur; y hasta cuando estaba en cama, por la noche, creía percibir en el oscuro espacio el batir y el vibrar de impacientes alas, que obedecían a una llamada perentoria.

El *Gran Hotel de la Naturaleza* tenía sus temporadas, como los demás. Al hacer los equipajes los huéspedes, uno tras otro, para pagar luego y marcharse, observándose que los asientos de las mesas disminuyen a cada comida; al ver que cierran las habitaciones, se llevan las alfombras y despiden a los camareros, los que se quedan como pensionistas hasta la temporada próxima no pueden dejar de emocionarse ante esos revoloteos y despedidas, esas animadas discusiones de planes, rutas y nuevas residencias, esa mengua diaria en la corriente de la amistad. Uno se siente inquieto, deprimido, quisquilloso. ¿Por qué ese afán de cambio? ¿Por qué no quedarse tranquilamente aquí, como nosotros, y entregarnos todos al júbilo? Nada sabéis de este hotel al cerrarse la temporada, ni de cómo nos divertimos los que nos quedamos todo el año. «Tenéis razón sin duda», contestan los otros. «Nos dais envidia, es cierto, y tal vez otro año... Pero ahora tenemos compromisos y nos espera el autobús a la puerta... ¡Tenemos que marchar!». Y se van con una sonrisa y un saludo; los echamos de menos y estamos algo resentidos. El Ratón era un animal de los que se bastan a sí mismos, enraizado en su suelo, y, aunque se marcharan los demás, él se quedaba; sin embargo, no podía dejar de advertir lo que vibraba en el aire y sentía su influjo en los huesos.

Con tanta fuga en torno era difícil dedicarse seriamente a alguna ocupación. Dejando la orilla del río, donde los juncos estaban muy altos y espesos en la corriente cada vez más lenta y perezosa, dirigióse al azar hacia la campiña, cruzó unos pastos ya polvorientos y agostados y se hundió en el gran reino de las mieses, amarillas, ondulosas, murmurantes, llenas de apacibles estremecimientos y de leves susurros.

Le gustaba vagabundear por allí a menudo, por el bosque de rígidos y fuertes tallos que sostenían sobre la cabeza del Ratón un áureo firmamento: un cielo que siempre bailaba, relucía y hablaba en voz queda; o se agitaba vivamente a impulsos del viento y se enderezaba luego con una sacudida y una alegre risa. Allí tenía, además, muchos amiguitos, una sociedad completa, con su vida intensa y agitada, pero a los que les quedaba

137

siempre algún momento de ocio para charlar y cambiar noticias con los visitantes.

Aquel día, empero, aunque se mostraron corteses como solían, los ratones campestres parecían preocupados. Algunos abrían galerías y construían túneles con gran actividad. Otros, reunidos en pequeños grupos, examinaban planos y dibujos de menudas residencias, que, por lo que se aseguraba, eran agradables y estaban bien distribuidas y convenientemente situadas cerca de los almacenes. Algunos limpiaban polvorientas maletas y cestas para la ropa; otros andaban ya muy ocupados empaquetando su ajuar, mientras por todas partes se veían montones de trigo, avena, cebada, hayucos y nueces, dispuestos para el transporte.

—¡Ahí está el Ratón! —exclamaron al verlo—. ¡Ven y échanos una mano, en vez de estarte ahí sin hacer nada!

—¿Qué juegos son ésos? —les preguntó severamente el Ratón—. Ya sabéis que todavía falta mucho para pensar en los cuarteles de invierno.

—Sí, sí; ya lo sabemos —explicó un ratón campestre, bastante avergonzado—. Pero siempre es preferible preparar con tiempo las cosas, ¿no te parece? Es preciso trasladar los muebles, equipajes y provisiones antes de que esas horribles máquinas empiecen a sonar por los campos; y, además, ¿sabes?, los mejores pisos se alquilan en seguida y, si se llega tarde, hay que resignarse a cualquier cosa, aparte de que necesitan muchas reparaciones antes de que estén en condiciones para poder habitarlos. Claro que somos algo madrugadores, ya lo sabemos; pero sólo estamos comenzando.

—¡Dejaos de comienzos! —dijo el Ratón—. Hoy hace un día espléndido. Vamos a bogar un poco, paseemos por los setos, salgamos de excursión por el bosque o algo así.

—Creo que hoy no nos será posible; muchas gracias —le contestó apresuradamente el ratón campestre—. Tal vez otro día, cuando tengamos más tiempo...

El Ratón acuático, con un bufido de disgusto, se volvió para marcharse, pero tropezó con una sombrerera y dio con su cuerpecito en tierra, no sin soltar algunas palabrotas.

—Si la gente anduviese con mayor cuidado —dijo, un tanto molesto, un ratón campestre— y mirase dónde pone los pies, no se lastimaría ni perdería los estribos. ¡Cuidado con ese baúl, Ratón! Será mejor que te sientes en algún sitio. Dentro de una o dos horas, tal vez estemos libres para atenderte.

—Al parecer, no estaréis *libres*, como decís vosotros, antes de Navidad —replicó el Ratón, malhumorado, emprendiendo el camino que conducía fuera del campo.

Regresó, algo melancólico, a su río: a su río fiel y constante en su marcha, que nunca empaquetaba sus cosas ni partía hacia los cuarteles de invierno.

Advirtió una golondrina posada en los sauces que bordeaban la orilla. Al poco rato se le unió otra, y luego una tercera; agitándose continuamente en su rama, hablaban a la vez, con calor y en voz baja.

—¿Cómo? ¿Ya estamos así? —dijo el Ratón, acercándose a ellas lentamente—. ¿Por qué tanta prisa? Me parece ridículo.

—¡Oh! Todavía no nos vamos, si es que te refieres a eso. Sólo hacemos planes y arreglamos las cosas. Lo discutimos, ¿sabes? Tratamos de la ruta que tomaremos este año, de dónde pararemos y de todo lo demás. ¡Eso es la mitad del encanto!

—¿De qué encanto? —dijo el Ratón—. Es precisamente lo que no comprendo. Si os veis *precisadas* a dejar estas agradables tierras, a despediros de nuestros amigos, que os echarán de menos, y de vuestros cómodos hogares, donde acabáis de instalaros, no dudo que, cuando suene la hora, os marcharéis bravamente y aceptaréis las molestias e incomodidades, las novedades y cambios, haciendo creer que no os duele mucho. Pero querer hablar de ello, o recordarlo siquiera, antes de que realmente sea necesario...

—Claro que no lo comprendes —dijo la segunda golondrina—. Primero, lo sentimos agitarse aquí dentro como una dulce inquietud. Luego, vuelven los recuerdos uno a uno, como palomas mensajeras. Revolotean de noche en nuestros sueños, y du-

rante el día nos siguen a lo alto, volando a la redonda. Sentimos ansias de preguntarnos una a otra, comparando nuestras impresiones y asegurándonos de que es todo verdad, cuando, uno a uno, los olores, sonidos y nombres de los sitios hace tiempo olvidados vuelven a nosotras y nos hacen señas.

—¿No podríais quedaros sólo por este año? —sugirió, pensativo, el Ratón—. Hacemos cuanto podemos para que os sintáis aquí a vuestras anchas. No os figuráis qué agradables ratos pasamos cuando ya estáis fuera.

—Un año intenté quedarme —dijo la tercera golondrina—. Le había cobrado tal cariño al lugar que, cuando llegó el tiempo, me quedé rezagada y dejé que se marcharan las otras sin mí. Durante unas semanas, todo anduvo bien, pero luego, ¡qué interminables noches! ¡Qué días helados, sin un rayo de sol! El aire era frío y como viscoso, y no se veía en él ni un solo insecto. No, no daba gusto vivir allí. Me faltó ánimo, y una noche fría y tempestuosa eché a volar, muy tierra adentro, temiendo los vendavales del Este. Nevaba copiosamente al cruzar los pasos de las grandes montañas y sostuve una dura lucha. Pero nunca olvidaré la cálida sensación del sol acariciándome de nuevo al bajar como una flecha hacia los lagos, que se tendían, tan azules y plácidos, debajo de mí; ni el sabor del primer insecto, por cierto muy bien nutrido. El pasado parecía como una pesadilla. El futuro era como unas felices vacaciones mientras avanzaba hacia el sur, semana tras semana, fácil y perezosamente, deteniéndome cuanto quería, pero atendiendo siempre a la llamada. Sí; había comprendido la lección. Jamás pensé ya en desobedecer de nuevo.

—¡Oh, sí, la llamada del sur! —gorjearon las otras dos, como en sueños—. ¡Sus cantos, sus matices, su aire radiante! ¡Ah! ¿Recuerdas?...

Y, olvidándose del Ratón, evocaron un rosario de apasionados recuerdos, mientras él las escuchaba fascinado, sintiendo dentro de sí como una llama de nostalgias. Comprendió que también vibraba en sus entrañas aquella cuerda hasta entonces ignorada y dormida. La simple charla de aquellos pájaros que debían marcharse hacia el sur, sus vagas impresiones de segunda mano, tenían, sin embargo, poder suficiente para despertar en él aquella rara sensación, estremeciéndole hasta lo más íntimo. ¿Qué impresión le produciría un solo momento de la realidad, una apasionada caricia del verdadero sol del sur, un hálito de sus auténticos aromas? Con los ojos cerrados, osó abandonarse un momento al ensueño, y al abrirlos de nuevo, el río parecióle acerado y frío, los verdes campos se le antojaron grises y sin luz. Pero, entonces, su leal corazón pareció increpar, llamándole traidor, al ser más débil que se agitaba en sí mismo.

—¿Por qué volvéis, pues? —preguntó con envidia—. ¿Qué os atrae en nuestras pobres tierras pardas?

—¿Crees acaso —preguntó la primera golondrina— que no

141

sentimos también, a su debido tiempo, la otra llamada, la llamada de las jugosas hierbas de los prados, de las huertas húmedas, de los estanques cálidos y poblados de insectos, del ganado que pace, de la siega del heno y de todas las granjas apiñadas en torno a la *Mansión de los Bellos Aleros?*

—¿Te figuras —preguntó la segunda— ser el único que sientes vivas ansias de volver a escuchar el canto del cuclillo?

—A su debido tiempo —dijo la tercera—, sentiremos otra vez nostalgia de los tranquilos nenúfares amarillos que se mecen en los ríos de Inglaterra. Pero hoy todo eso nos parece pálido, leve y lejano. Ahora nos vibra en la sangre otra música.

Volvieron a gorjear entre sí, y esta vez su embriagadora charla se refería a mares color violeta, a playas morenas y a muros frecuentados por los lagartos.

El inquieto Ratón vagó una vez más, subió por la falda que se erguía suavemente hacia el norte del río y quedóse mirando el círculo de lomas que limitaban su visión por el Sur, lo que había sido hasta entonces su sencillo horizonte, sus *Montañas de la Luna,* el límite tras el cual nada había que le interesase ver ni conocer. Pero en aquel momento, al mirar hacia el Sur con nuevas ansias en su corazón, el cielo claro que se extendía sobre aquella línea baja parecía palpitar, henchido de promesas. Lo no visto hasta entonces lo era todo para el Ratón. Lo desconocido constituía para él la única realidad de la vida.

De la parte de aquí de las colinas estaba el vacío. A la otra parte, el extenso y colorido panorama que contemplaba con su mirada interior. ¡Qué mares se extendían allá, verdes, brincadores, empenachados de espuma! ¡Qué costas bañadas por el sol, en que las blancas villas refulgían sobre un fondo de olivares! ¡Qué sosegados puertos atestados de osadas naves que partían hacia las islas cubiertas de viñedos y ricas en especias, hundidas en aguas de languidez!

Se incorporó y bajó de nuevo hacia el río. Pero luego cambió de idea y se acercó al camino polvoriento. Allí, medio sepultado en el espeso y fresco seto que lo bordeaba, podría evocar la carretera y el maravilloso mundo al cual conducía, los viandantes que la habían pisado y las fortunas y aventuras en cuya búsqueda habían partido o que habían surgido de improviso... allá lejos, muy lejos.

Oyó un rumor de pasos y vio a un viandante que avanzaba algo cansino. Era un ratón y, por cierto, muy cubierto de polvo. El viandante, al pasar junto al Ratón acuático, lo saludó con un cortés ademán que tenía un deje forastero, titubeó un momento y luego, con agradable sonrisa, apartóse del camino y se sentó a su lado sobre la fresca hierba. Parecía cansado, y nuestro Ratón le dejó cobrar ánimo sin dirigirle preguntas, comprendiendo en parte lo que pensaría y sabiendo también el valor que a veces conceden los animales a la silenciosa compañía, cuando descansan los rendidos músculos y el espíritu está como parado.

El viajero, bastante flaco, tenía las facciones angulosas y el cuerpo algo encorvado. Sus patas eran largas y delgadas, veíanse muchas arrugas en torno a sus ojos y llevaba unos pequeños pendientes de oro en sus bien dispuestas y graciosas orejas. Su jersey de lana era de un azul desvaído. Sus pantalones, remendados y sucios, habían tenido en tiempos un matiz azul, y llevaba su reducido ajuar envuelto en un pañuelo de algodón del mismo tono.

Tras descansar un rato, el forastero suspiró, aspiró con fuerza el aire y miró en torno.

—Ese cálido olor de la brisa era trébol —observó—, y son vacas lo que oímos, paciendo la hierba a nuestra espalda y resoplando suavemente entre bocado y bocado. Se oye a lo lejos un rumor de gente que recoge el heno, y más allá se levanta la línea azul del humo surgiendo de las casitas de campo y destacándose sobre el bosque. El río no pasa muy lejos, pues oigo el canto de la cerceta y veo, por tu porte, que eres marino de agua dulce. Todo parece dormido y, al mismo tiempo, en marcha. Llevas una agradable vida, amigo; es, sin duda, la mejor del mundo, si tienes fuerza suficiente para vivirla.

—Sí, es la vida, la única vida —asintió el Ratón acuático como en sueños, pero sin su convicción habitual.

—No dije eso precisamente —contestó con prudencia el forastero—, pero es sin duda la mejor. Lo sé porque la he probado. Yo por haberla probado (durante seis meses) y saber que es la mejor, aquí estoy, rendido y hambriento, huyendo de ella hacia el Sur, siguiendo la vieja llamada y volviendo a la antigua vida, la que me pertenece y no querrá soltarme.

—¿Es, pues, ésta sólo una de las muchas vidas posibles? —murmuró el Ratón acuático—. ¿De dónde vienes? —preguntó. No se atrevía a preguntar adónde se dirigía, pues adivinaba muy bien la respuesta.

—De una pequeña y simpática granja —contestó lacónicamente el viajero—. De allá arriba —añadió, indicando con la cabeza—. No importa el lugar. Tenía allí cuanto necesitaba Todo lo que puedo esperar en la vida y más aún; y, a pesar de ello, ¡aquí me tienes! ¡Y contento, muy contento de estar aquí! ¡Tantas millas recorridas, tantas horas más cerca de mi anhelo!

Clavó sus brillantes ojos en el horizonte y parecía escuchar algún sonido que faltase en las tierras del interior, a pesar de que vibraba en ellas la jubilosa música de los pastos y las huertas.

—No eres de los nuestros —dijo el Ratón acuático—, ni tampoco campestre; ni siquiera, por lo que veo, has nacido en esta región.

—Exacto —contestó el forastero—. Soy Ratón de mar, y el puerto de donde procedo es Constantinopla, aunque allí, por así decirlo, soy también forastero. ¿Has oído hablar de Constantinopla, amigo? Es una bella ciudad, muy antigua y gloriosa. También sabrás, seguramente, de Sigurd, rey de Noruega, y de cómo se dirigió allí con sesenta naves, y sus hombres cabalgaron por las calles, engalanadas en su honor con púrpura y oro; y del banquete que ofreció al Emperador y a la Emperatriz a bordo de su navío. Cuando Sigurd regresó a su patria, muchos de los noruegos se quedaron en Constantinopla y se alistaron en la guardia del Emperador. Mis antepasados, nacidos en Noruega, permanecieron también en el Sur, con las naves que Sigurd ofreció al soberano. Hemos sido siempre ratones de mar, y nada tiene de extraño. En cuanto a mí, lo mismo que mi ciudad natal, considero como mi patria cualquier agradable puerto de los que hay entre Constantinopla y el río de Londres. Los conozco todos, y todos me conocen. Déjame en cualquiera de sus muelles o playas y volveré a sentirme en mi hogar.

—Supongo que habrás realizado largos viajes —dijo el Ratón acuático con creciente interés—. Meses y meses sin ver tierra, con las provisiones escasas y el agua racionada, y en íntima comunicación con el poderoso océano...

—Nada de eso —contestó con franqueza el Ratón de Mar—. Una vida así no me gustaría. Voy en naves de cabotaje y raramente dejamos de ver la costa. Tanto como el navegar, me atraen los días encantadores que pasamos en tierra. ¡Oh, aquellos puertos del Sur! ¡Su olor, sus luces trémulas, su hechizo!

—Bueno, tal vez hayas elegido el mejor camino —dijo el Ratón acuático, algo dudoso—. Háblame de tus viajes costeros, te lo suplico, y de la cantidad de recuerdos que puede confiar recoger en ellos un animal animoso para confortar su vejez junto a la lumbre, pues he de confesarte que mi vida me parece hoy algo estrecha y limitada.

—Mi último viaje —empezó diciendo el Ratón de Mar—, que me trajo a esta tierra con la ilusión de mi granja, se parece a todos los demás y resume mi pintoresca vida. Como suele ocurrir, me decidieron a marchar las dificultades domésticas. Al arreciar la tormenta familiar, me embarqué en un pequeño barco de cabotaje que salía de Constantinopla, rumbo a las islas griegas y a Levante, pasando por los mares clásicos, en cuyas olas palpitan inmortales recuerdos. ¡Qué días de oro y qué perfumadas noches! Constantemente entraba y salía del puerto, encontraba viejos amigos en todas partes, dormía en algún fresco templo o en una cisterna abandonada cuando arreciaba el calor, y, puesto ya el sol, ¡qué fiestas y canciones bajo los luceros, trémulos en el aterciopelado azul! Desde allí seguimos las costas del Adriático, cuyas playas nadaban en una atmósfera de ámbar, rosa y aguamarina. Fondeamos en anchos puertos, cerrados

145

casi como lagos. Vagamos por antiguas y nobles ciudades, hasta que, por fin, una mañana, mientras el sol surgía a nuestra espalda, entramos en Venecia por un camino de oro. Venecia es una bella ciudad, donde un ratón puede vagabundear a gusto y

divertirse de veras. Y, cuando se cansa, puede sentarse por la noche a la orilla del Gran Canal y celebrar fiestas con sus amigos, mientras el aire está lleno de música y el cielo de estrellas, y las luces refulgen y tiemblan en las pulidas proas de acero de las góndolas que se balancean lentamente en tal número, que se podría cruzar el canal avanzando de una en otra. Y, además, la comida... ¿Te gustan los mariscos? Bueno, dejemos ahora este renglón.

Guardó silencio un rato; y el Ratón acuático, también callado y en éxtasis, flotaba por canales de ensueño y oía una canción fantasmal vibrando entre vaporosos muros grises besados por las olas.

146

—Al fin nos hicimos a la mar, rumbo al Mediodía —prosiguió el Ratón marinero—, costeando Italia, hasta llegar a Palermo, y allí dejé el barco para quedarme una temporada en tierra, contento y feliz. Nunca suelo ir mucho en el mismo barco, pues una larga permanencia suele inspirarnos prejuicios y produce estrechez de miras. Además, Sicilia es uno de mis cotos de caza preferidos. Conozco allí a todo el mundo y sus costumbres me encantan. Pasé muchas alegres semanas en la isla, residiendo en el campo con mis amigos. Cuando volví a sentirme inquieto, aproveché el paso de un barco que transportaba carga a Cerdeña y Córcega, y con no poco júbilo sentí de nuevo en el rostro la caricia de la brisa fresca y de la espuma del mar.

—Pero ¿no hace mucho calor y no se está algo prieto allá abajo..., en la bodega? Creo que lo llamáis así —dijo el Ratón acuático.

El marinero le miró, haciéndole un vago guiño.

—Soy marino viejo —observó con sencillez—. Suelo albergarme en el camarote del capitán.

—Pero, a pesar de todo, es una vida dura —murmuró el Ratón, sumido en profundas reflexiones.

—Lo es para la marinería —contestó gravemente el forastero, volviendo a hacerle un vago guiño—. Desde Córcega —prosiguió— utilicé un barco que transportaba vino al continente. Llegamos a Alassio al atardecer, fondeamos, sacamos de la bodega los toneles y los bajamos por la borda, atados con una soga y formando una larga fila. Luego la tripulación ocupó los botes y remaron hacia la playa, entonando alegres canciones y arrastrando la larga procesión de zarandeados toneles como una milla de tortugas. En la playa nos esperaban ya los caballos, que arrastraron los toneles por la empinada calle de una pequeña villa, con no poco ímpetu, alboroto y repiqueteo. Cuando se hubo entrado el último tonel, fuimos a refrescar y a tomar un buen descanso, y nos sentamos hasta altas horas de la noche, bebiendo con los amigos. A la mañana siguiente me marché a los grandes olivares para pasar unos días de reposo. Estaba ya algo cansado de las islas, y los puertos y barcos son más que abundantes. Pasé una vida de ocio entre los campesinos, echado y viéndolos trabajar, o tumbado en lo alto de una colina, con el Mediterráneo azul bajo mis pies. Y así, al fin, por fáciles etapas, parte a pie y parte navegando, alcancé Marsella, y allí encontré a viejos camaradas de barco, visité los grandes navíos que cruzan el océano y celebré otra vez no pocos festines. ¿Cómo ponderarte los mariscos de entonces? ¡A veces sueño con los mariscos de Marsella y me despierto llorando!

—Eso me recuerda —dijo el cortés Ratón acuático— que dijiste que tenías hambre, y debí invitarte antes. Por supuesto, te quedarás en casa a almorzar conmigo. Tengo el cobijo cerca, ha pasado ya el mediodía y con mucho gusto te ofrezco mi modesto hogar.

—A eso lo llamo yo ser bondadoso y fraternal —dijo el Ratón marinero—. Al sentarme, me sentía, en verdad, muy hambriento, y luego, cuando inadvertidamente aludí a los mariscos, mi apetito se hizo casi insoportable. Pero ¿no podrías traer la comida aquí? Nunca me ha gustado estar bajo las escotillas, a menos que me vea obligado a ello. Y, comiendo, podría contarte más cosas sobre mis viajes y la placentera vida que llevé. Sería muy agradable para mí, y, a juzgar por tu atención, creo que tampoco te desagrada; pero si vamos dentro, lo más probable es que no tarde en dormirme.

—¡Excelente idea! —exclamó el Ratón acuático, y corrió hacia su casa.

Allí cogió una cesta y puso en ella un sencillo almuerzo, en el cual, recordando el origen y gustos del forastero, tuvo buen cuidado en incluir buen acopio de pan francés, un chorizo que olía deliciosamente a ajo, un queso que soltaba apetitosas lágrimas y una botella de largo gollete, cubierta de paja, que guardaba celosamente la luz del sol esparcida y cosechada en lejanas lomas del Sur. Volvió con aquella carga a toda prisa, y se sonrojó, gozoso, al oír los elogios que de su gusto y buen juicio hacía el viejo marinero, mientras los dos abrían la cesta y dejaban su contenido en el césped, junto al camino.

El Ratón de Mar, apenas hubo aplacado algo el hambre, pro

siguió la historia de su último viaje, conduciendo a su ingenuo oyente por diversos puertos de España, desembarcando en Lisboa, Oporto y Burdeos, presentándole los agradables puertos de Cornualles y del condado de Devon y remontando el Canal hasta el último muelle, donde desembarcó tras intensos vientos, perseguido por la tempestad, y percibió luego las primeras insinuaciones y augurios mágicos de otra primavera y, enardecido por ellos, se apresuró a avanzar tierra adentro, ansiando probar la vida de alguna sosegada granja, muy lejos del monótono batir del mar.

Hechizado y trémulo, el Ratón acuático siguió al aventurero legua tras legua, cruzando encrespadas bahías, radas llenas de embarcaciones, escolleras donde se perseguían las raudas olas, y ríos de mil meandros que ocultaban sus pequeñas y atareadas villas tras un recodo. Lo dejó, con un suspiro de pena, instalado en la aburrida granja de tierras adentro, sobre la cual no quiso oír nada.

Entre tanto, terminaron ya la comida, y el marino, fortalecido y restaurado, con la voz más vibrante, con los ojos llenos de un brillo que parecía reflejo de algún faro lejano, se llenó el vaso con el rojo y reluciente caldo del Sur y se inclinó hacia el Ratón acuático, mirándolo fijamente y teniéndolo pendiente de sus labios. El color de sus ojos recordaba el grisáceo verde de los mares del Norte, con largas líneas de espuma; pero su pupila brillaba como un ardiente rubí que parecía el corazón mismo del Sur, palpitando para los que osaran apreciar sus latidos.

Las luces gemelas, el huidizo gris y el firme encarnado fascinaron al Ratón acuático y lo dejaron inerme.

El sosegado mundo no alcanzado por sus rayos se alejó y dejó de existir. Y siguió fluyendo la charla, la maravillosa charla. No eran siempre palabras, pues a veces se convertía en canción. Canturreo de marinos al levar el ancla goteante. Sonoro zumbido de las velas agitadas por un fuerte nordeste. Balada del pescador halando sus redes a la puesta del sol, bajo un cielo color de durazno. Rasgueo de guitarra y mandolina desde la góndola o el caique...

149

¿Convertíase acaso en el grito del viento, plañidero al principio, más furioso y agudo al refrescar, elevándose a desgarrador, para acabar en leve murmullo musical desde el grátil de la inflada vela?

El hechizado oyente creía oír todos aquellos sonidos, y la hambrienta queja de las gaviotas, el suave retumbra de la rompiente, la protesta de las torturadas tablas... Volvían las palabras, y con el corazón palpitante, el Ratón acuático seguía las aventuras en cien puertos, las luchas, las fugas, las reuniones, las camaraderías y las osadas empresas. O buscaba tesoros en las islas, pescaba en tranquila laguna y dormitaba todo el día en la tibia arena blanca. Oyó contar de la pescas en alta mar y de la ingente cosecha plateada en la red de más de una milla de longitud; de súbitos peligros; del rumor de las olas en una noche sin luna o de la enorme proa del trasatlántico irguiéndose en la niebla; del alegre regreso, una vez doblado el cabo, viendo brillar las luces del puerto, con los grupos vagos en el muelle, la jubilosa bienvenida, el chapoteo del cable y el trotar por la pina callejuela hacia el brillo confortante de unas ventanas con rojas cortinas.

Al fin, soñando despierto, parecióle al Ratón que el aventurero se había levantado, pero hablaba aún, dominándolo con sus ojos, de un gris marino.

—Ahora —decía suavemente— volveré a emprender el camino, y me dirigiré hacia el Sur durante largos días, cubierto de polvo, hasta alcanzar la pequeña villa gris que tan bien conozco, encaramada en los acantilados del puerto. Allí, desde los quicios sombríos, se ven largas escaleras de piedra, coronadas de grandes ramilletes de rosada valeriana y acabando en un retazo de agua brillante y azul. Los pequeños botes amarrados a las anillas y postes de la antigua muralla del mar están pintados de vivos colores, como los que frecuentaba en mi niñez. El salmón salta al subir la marea. Enjambres de peces relucen y juegan junto a los muelles y playas, y bajo las ventanas se deslizan día y noche los grandes buques, dirigiéndose a sus amarres o rumbo al ancho mar. Allí, tarde o temprano, llegan los barcos de todas las naciones marineras. Y allí, a la hora fijada, anclará el navío de mi elección. Lo tomaré con tiempo, aguardaré pacientemente hasta que llegue el que me gusta, que el remolcador habrá dejado en medio de la bahía, muy cargado, señalando hacia el puerto con el bauprés. Me deslizaré hasta bordo en un bote o pasando por un cable; y una mañana me despertarán el canto y las pisadas de los marineros, el tintineo del cabrestante y el sonoro roce de la cadena del áncora subiendo a bordo alegremente. Izaremos el foque y el trinquete; las blancas casas del muelle se deslizarán, lentas, junto a nosotros mientras el barco toma rumbo, ¡y habrá empezado el viaje! Al dirigir la proa hacia el cabo, se soltarán todas las velas; y luego, ya fuera del puerto, los fuertes manotazos de los grandes mares verdes, y el barco, viento en popa, volando hacia el Sur. Y tú vendrás también, hermanito, pues los días pasan sin volver y el Sur aún te está esperando. ¡Lánzate a ese mundo de aventuras, atiende a la llamada antes de que pase el irrevocable momento! Sólo un portazo a tu espalda, un alegre paso adelante, y dejarás la antigua vida para entrar en la nueva. Luego, algún día, un día lejano aún, regresa despacito a tu casa, si quieres, tras apurar la copa y acabar la partida, y siéntate sosegado junto a tu río con un tesoro de deliciosos recuerdos. Fácilmente me adelantarás, pues eres joven y yo envejezco ya y ando sin prisa. Me entretendré y miraré hacia atrás. Y, al fin, estoy seguro de que te veré llegar un día, brioso y alegre, con todo el Sur reflejado en tu cara. '

Apagóse la voz y cesó del todo, como el leve zumbido de un insecto se esfuma de pronto en el silencio. El Ratón acuático, paralizado y con la mirada fija, sólo vio al fin una lejana motita en el camino blanco.

Levantóse como un autómata y empezó a arreglar la canasta de la comida, cuidadosamente y sin prisa. Ensimismado, regresó al hogar, recogió unas pocas cosas indispensables y los objetos que más apreciaba, y lo puso todo en un saquito; obraba con reflexiva lentitud, movíase por la estancia como un sonámbulo, escuchando siempre con los labios entreabiertos. Echóse el saquito al hombro, escogió con gran cuidado un recio bastón para irse de camino y, sin prisa alguna, pero también sin vacilación, cruzó el umbral en el preciso instante en que el Topo apareció ante la puerta.

—¡Cómo! ¿Te marchas, Ratoncito? —le preguntó, muy sorprendido, el Topo, cogiéndole por el brazo.

—Me marcho al Sur, con los demás —murmuró el Ratón con voz monótona y ensoñecida, sin mirar a su amigo—. Primero, hacia el mar, y luego, en un buque, ¡hacia las playas que me llaman!

Siguió adelante, resuelto, sin prisa aún, pero con obstinado propósito. El Topo, ya alarmado de veras, le cerró el paso y, al mirarle a los ojos, vio que los tenía vidriosos y fijos, y que su color se había trocado en un gris huidizo, cruzado de estrías: ¡no eran los ojos de su amigo, sino los de otro animal! Tras dura lucha, logró arrastrarlo, lo derribó y lo tuvo asido.

El Ratón pugnó desesperadamente unos momentos, y luego pareció quedar de pronto sin fuerzas y permaneció en el suelo, quieto y rendido, con los ojos cerrados y temblando. Al poco rato, el Topo le ayudó a levantarse y lo acercó a una silla, donde se sentó, desmayado y hundido, agitado el cuerpo por un violento temblor, que se convirtió a poco en un ataque histérico de sollozos sin lágrimas. El Topo atrancó la puerta, guardó el saco en un cajón y lo cerró, y sentóse calladamente en la mesa, junto a su amigo, esperando que pasase la extraña dolencia. Poco a poco, el Ratón se hundió en un sueño agitado, interrumpido por sobresaltos y confusos murmullos sobre cosas raras, extravagantes y exóticas para el ignorante Topo. Y luego se durmió como un tronco.

Lleno de ansiedad, el Topo lo dejó unos momentos para ocuparse de las tareas domésticas. Oscurecía ya cuando volvió al salón, y encontró al Ratón donde lo había dejado, ya del todo despierto, pero distraído, callado y triste. El Topo le miró en seguida a los ojos y, con gran satisfacción, los encontró transparentes y de un color pardo sombrío, como antes. Luego se sentó y procuró animarlo, ayudándole a referir lo que le había ocurrido.

El pobre Ratón hizo cuanto pudo, poco a poco, para explicar las cosas. Pero ¿cómo podía expresar con frías palabras lo que había sido principalmente su gestión? ¿Cómo recordar, para comunicarlo a otro, el encanto de las voces marinas que se elevaron para él? ¿Cómo reproducir de segunda mano la magia de los mil recuerdos del aventurero? Hasta a sí mismo, una vez roto el hechizo, le resultaba difícil explicarse lo que, unas horas atrás, le había parecido lo único y lo inevitable. No es, pues, de extrañar que no lograra dar al Topo una idea clara de sus experiencias de aquel día.

Pero el Topo veía claramente una cosa: que el ataque había pasado, dejándolo otra vez en su cabal juicio, aunque agitado y deprimido por la reacción. Pero, durante cierto tiempo, el Ratón pareció haber perdido todo interés en las cosas de su vida cotidiana, así como en los agradables augurios de los cambios que, en los días y en las tareas, traería la nueva estación, que tantos encantos les reservaba.

Como casualmente y con simulada indiferencia, el Topo dirigió la charla hacia el tema de la cosecha, refiriéndose a los carros rebosantes de mieses y a los cansados campesinos, a los almiares que crecían más y más y a la redonda luna surgiendo sobre los inmensos barbechos, salpicados de gavillas. Habló de las manzanas de aquellos contornos, que ya empezaban a enrojecer. De las pardas nueces, de las mermeladas y conservas y de la preparación de cordiales. Hasta que, paso a paso, llegó al pleno invierno, con sus íntimas alegrías y la abrigada vida en el hogar, y entonces se expresó con emoción dulcísima y delicada

Poco a poco, el Ratón empezó a erguirse en la silla y a atender a aquella charla. Sus apagados ojos cobraron brillo y empezó a perder su aire indiferente.

Al poco rato, el prudente Topo salió disimuladamente de la estancia y volvió con un lápiz y unas hojas de papel, que puso sobre la mesa, junto al brazo de su amigo.

—Hace mucho tiempo que no escribes poesías —observó

Podrías intentarlo esta noche, en vez de..., bueno, de reflexio nar tanto. Creo que te sentirás mucho mejor cuando hayas ga rrapateado algo, aunque sólo sean las rimas.

El Ratón apartó el papel con cansado ademán, pero el discreto Topo aprovechó una ocasión propicia para dejar la estancia, y, al asomarse de nuevo algo después, el Ratón estaba absorto y no prestaba oídos al mundo, alternativamente garrapateando y chupando la punta del lápiz. Cierto es que escribía poco y chupaba mucho. Pero el Topo observó con íntima satisfacción que empezaba ya a curarse.

10. Otras aventuras del señor Sapo

La puerta principal del árbol hueco miraba hacia Levante, por cuya razón el Sapo se despertó muy temprano. En parte había interrumpido su sueño la brillante luz del sol que se derramaba sobre su cuerpo, y en parte el excesivo frío de sus pies, que le hizo soñar que estaba en casa, acostado en su hermoso dormitorio con ventana estilo Tudor, una helada noche de invierno, y que se habían erguido las ropas de su cama, gruñendo y protestando que no podían aguantar más aquel frío, tras lo cual bajaron corriendo las escaleras y se dirigieron a la lumbre de la cocina para calentarse. El las seguía a pie descalzo, milla tras milla, por unos pasadizos de heladas losas, discutiendo y suplicándoles que fueran razonables. Seguramente se hubiera despertado mucho más temprano de no llevar ya algunas semanas durmiendo sobre la paja esparcida en el duro suelo, olvidando casi la agradable sensación de las recias sábanas muy ceñidas al cuello.

Se sentó, se frotó primero los ojos y luego los doloridos pies. Preguntóse unos momentos dónde estaba, buscando en torno el familiar muro de piedra y la atrancada ventanita. Luego, dándole un vuelco el corazón, lo recordó todo: su fuga y la

155

persecución de que había sido objeto; pero recordó, ante todo, lo mejor: ¡que estaba libre!

¡Libre! Sólo aquella palabra y aquel pensamiento equivalían a cincuenta sábanas. Calentóse de pies a cabeza al pensar en el alegre mundo que le esperaba ansiosamente para presenciar su entrada triunfal, dispuesto a servirle y a someterse a sus caprichos, deseoso de ayudarle y de hacerle compañía, como siempre había ocurrido en otros tiempos, antes de que se abatiera sobre él la desgracia. Sacudióse y, con los dedos, se quitó del pelo la hojarasca. Aliñado ya, avanzó bajo el agradable sol mañanero, aterido pero lleno de confianza, hambriento pero esperanzado, desvanecidos ya los terrores nocturnos por el descanso, el sueño y los francos y reconfortantes rayos del sol.

Aquella mañana estival parecía dueño del mundo. El bosque cubierto de rocío, mientras él caminaba, estaba solitario y silencioso. Los verdes campos que sucedieron a la arboleda dijéranse suyos, para hacer con ellos lo que gustase. Hasta el mismo camino, al alcanzarlo, en aquella soledad que reinaba por doquier, parecía, como un perro extraviado, buscar ansiosamente un compañero. Pero el Sapo buscaba a alguien con quien hablar, para que le indicase claramente el camino. Es cosa muy puesta en razón, cuando se tiene el corazón alegre, la conciencia tranquila y dinero en el bolsillo, y no hay nadie que recorra el país para volver a meterle a uno en la cárcel, seguir el camino por donde nos plazca, sin importarnos la dirección. Al práctico Sapo le importaba mucho, en verdad, y casi le hubiera dado de puntapiés al camino por su inútil silencio, recordando lo preciosos que eran para él los minutos.

Al poco rato se unió a la callada senda rústica un hermanito en forma de canal, que lo cogió de la mano y caminó a su lado con entera confianza, pero con la misma actitud reservada ante los forasteros. «¡Malditos sean!», se dijo el Sapo. «Pero, sea como fuere, hay una cosa evidente: ambos deben venir de algún sitio y dirigirse a otro. ¡Esto no tiene vuelta de hoja, mi buen Sapo!» Por lo cual siguió avanzando pacientemente al borde del agua.

Junto a un recodo del canal avanzaba trabajosamente un caballo solitario, inclinado como si anduviese sumido en profundas reflexiones. De unos tirantes adaptados a su collera pendía una larga cuerda, tensa pero hundiéndose en el agua a cada paso. De su extremo caían gotas como perlas. El Sapo lo dejó pasar y quedóse esperando lo que le reservase el destino.

Con un agradable rumor de agua tranquila en la chata proa se deslizó la barcaza junto a él, con la borda pintada de vivos colores, a nivel del camino de sirga. Iba en ella solamente una robusta mujer, que se cubría con un gorro de tela y apoyaba en la caña del timón su brazo moreno.

—¡Espléndido día, señora! —dijo al Sapo, al llegar a su lado.

—¡Ya lo creo, señora! —contestó el Sapo cortésmente, avanzando por el camino de sirga, algo adelantado—. Será una mañana espléndida para los que no se hallan en grave aprieto como yo. Mi hija casada me ha escrito que vaya en seguida a verla. Y me he puesto en marcha en el acto, sin saber lo que ocurre o pueda ocurrir, pero temiendo lo peor, como usted comprenderá muy bien, señora, si también es madre. Lo he dejado todo por hacer (soy lavandera; tal vez lo haya adivinado usted, señora), y allí se han quedado mis chiquillos sin nadie que los cuide, y son de lo más travieso que existe. He perdido el dinero y, encima, acabo de extraviarme; y no quiero pensar en lo que le habrá ocurrido a mi pobre hija.

—¿Dónde vive su hija, señora? —preguntó la mujer de la barcaza.

—Cerca del río —contestó el Sapo—. No lejos de una hermosa casa llamada *Mansión del Sapo,* que está por ahí.

—¿La *Mansión del Sapo?* ¡Vaya! ¡Si yo sigo el mismo camino! —exclamó la mujer—. Este canal desemboca en el río unas millas más abajo, algo al norte de esa casa; desde allí es sólo un paseo. Venga conmigo en la barcaza y la llevaré.

Acercó la embarcación a la orilla, y el Sapo, dándole las gracias con humildad, entró a bordo ágilmente y sentóse con gran satisfacción. «¡Vuelvo a estar de suerte!», pensó. «¡Siempre salgo a flote!»

157

—¿Conque se ocupa usted de lavar ropa, señora? —le preguntó cortésmente la mujer de la barcaza, mientras se deslizaban por el canal—. Casi diría que es un oficio de los mejores, si no fuera indiscreción.

—La mejor tarea de todo el condado —dijo el Sapo con vivacidad—. Todos los hacendados utilizan mis servicios y no quisieran dar trabajo a nadie más, aunque les dieran dinero encima, pues me conocen mucho. Domino a fondo el oficio: lavar, planchar, almidonar y preparar las camisas de etiqueta de los caballeros, todo se hace bajo mi vigilancia.

—Pero supongo que no se encargará usted personalmente de todo el trabajo, señora —observó con respeto la mujer.

—¡Claro! Tengo chicas —explicó el Sapo con naturalidad—. Unas veinte muchachas trabajan siempre en mi casa. Pero ya sabe usted lo que son las chicas, señora. ¡Unas redomadas pícaras! Así las llamo yo.

—También yo —asintió la mujer, con energía—. Pero supongo que les ajustará usted las cuentas a las muy bribonas. ¿Y le gusta mucho lavar?

—Me encanta —dijo el Sapo—. Me tiene chocha. Nunca me siento tan feliz como cuando tengo los brazos metidos en el cubo de la colada. ¡Me resulta tan fácil! No representa para mí la menor molestia. Le aseguro, señora, que lo hago con verdadero placer.

—¡Qué suerte haberla encontrado! —observó, pensativa, la mujer de la barcaza—. Hemos estado de suerte las dos.

—¿Por qué? —preguntó el Sapo, algo inquieto.

—Voy a decírselo en seguida —dijo la mujer—. También a mí me gusta muchísimo lavar; y, aunque no quisiera, tendría que hacer la colada yo misma, pues no tengo sirvientas. Pero mi marido posee especial habilidad para sacudirse el trabajo y dejarme a mí con la barcaza, de modo que apenas me queda un momento para atender a mis cosas. En realidad, él debería estar aquí a estas horas, al frente del timón o cuidando del caballo, aunque, por fortuna, este buen animal tiene suficiente juicio para cuidar de sí mismo. Pero, en vez de esto, ha salido con el perro, a ver si puede cazar un conejo para cenar. Dijo que me alcanzaría en la próxima compuerta. Bueno, tal vez sea verdad, pero no me fío mucho cuando sale con ese maldito perro, que es peor que él. Y, entre tanto, ¿cómo podré hacer la colada?

—¡Oh! ¡No piense usted en ella! —dijo el Sapo, a quien no le gustaba el tema—. Procure fijar su atención en lo del conejo. Será, sin duda, un conejo tierno y gordito. ¿Ya tiene usted cebollas?

—No puedo fijar la atención en nada sino en mi ropa sucia —dijo la mujer—, y no me explico cómo puede usted hablar de conejos, con tan alegres perspectivas. En un rincón del camarote encontrará un montón de cosas mías. Si quiere usted coger una o dos piezas de las más indispensables (no voy a decir a una dama como usted de qué prendas se trata, pues las reconocerá en seguida) y ponerlas en el cubo mientras seguimos agua abajo, será un placer para usted, como dice, y representará para mí una preciosa ayuda. Encontrará un cubo ahí cerca, además de jabón, una marmita con agua caliente y otro cubo para sacar agua del canal. Así estaré yo tranquila al pensar que pasa usted un buen rato, en vez de permanecer sentada y ociosa, contemplando la vista y desquijarándose a fuerza de bostezar.

—Permítame coger el timón —dijo el Sapo, ya muy asustado— y podrá usted ocuparse a su gusto en la colada. A lo mejor le echaría a perder la ropa o no la lavaría como desea. Estoy más acostumbrada a las prendas de caballero, ¿sabe? Son mi especialidad.

—¿Dejarle el timón? —contestó la mujer, echándose a reír—. Se requiere cierta práctica para dirigir bien una barcaza. Además, es labor pesada y quiero verla a usted contenta. No. Usted hará la colada que tanto le gusta, y yo me ocuparé en el timón. No me prive del placer de obsequiarla.

El Sapo estaba acorralado. Buscando una huida por todas partes, vio que estaban demasiado lejos de la orilla para alcanzarla de un salto, y se resignó tristemente a su suerte. «Al fin y al cabo», pensó con desesperación, «supongo que cualquier bobo sabe lavar.»

Fue a buscar al camarote el cubo, el jabón y las demás cosas. Escogió al azar unas pocas prendas, intentó recordar lo que había visto al mirar casualmente por las ventanas del lavadero, y puso manos a la obra.

Pasó más de media hora, y a cada minuto estaba más afligido. Nada de lo que hacía a la ropa parecía gustarle ni mejorarla. Intentó las caricias, los bofetones, las puñadas: las prendas le sonreían desde el cubo, sin convertirse, felices en su culpa. Una o dos veces miró con el rabillo del ojo a la mujer de la barcaza, pero parecía estar absorta en su tarea de timonel. Al Sapo le dolía la espalda, y observó con desmayo que empezaban a arrugársele las manos, de las que tan orgulloso estaba. Murmuró entre dientes unas palabrotas que jamás debieran salir de labios de lavanderas ni de sapos, y por quinta vez perdió el jabón.

Una fuerte carcajada le hizo cuadrarse y volver la cabeza. La mujer se apoyaba hacia delante y se reía con toda el alma, hasta deslizársele las lágrimas por las mejillas.

—La he observado todo el tiempo —dijo, sin aliento casi—. Por la jactancia con que habló, pensé siempre que sería usted una farsante. ¡Vaya una lavandera! ¡Juraría que en su vida ha lavado ni un trapo de cocina!

El enojo del Sapo, que había empezado a insinuarse hacía un buen rato, estalló por fin.

—¡Mujer vulgar, ruin, gordinflona! —gritó—. ¿Cómo se atreve a hablar así a sus superiores? ¡Conque lavandera, eh! ¡Debe usted saber que soy un Sapo, un Sapo conocidísimo, respetado y de alcurnia! Momentáneamente me oculto tras un disfraz, pero jamás permitiré que se ría de mí una barquera.

La mujer se le acercó y, levantándole algo la cofia, lo miró atentamente.

—¡Cómo! ¿Eso eres? —exclamó—. ¡Nunca! ¡Un sapo horrible, asqueroso y rampante! ¡Y en mi barca, tan limpia! ¡Jamás lo toleraré!

Dejó un instante la caña del timón. Adelantóse un áspero y

rollizo brazo y cogió al Sapo por una de sus patas delanteras, mientras la otra mano lo asía fuertemente por una pata posterior. Luego el mundo se puso de pronto cabeza abajo, la barca pareció volar levemente a través del cielo, el viento silbó en sus oídos y el propio Sapo se vio volando por los aires, dando rápidas volteretas.

El agua, al sumergirse en ella con un fuerte batacazo, le pareció al Sapo bastante fría para su gusto, aunque la baja temperatura no logró doblegar su soberbio espíritu ni aplacar su furioso enojo. Volvió a la superficie escupiendo, y, cuando se quitó de los ojos las viscosas hierbas, lo primero que vio fue a la rechoncha barquera mirándole desde la popa de la barcaza y riéndose. El Sapo prometió, tosiendo y ahogándose, que la alcanzaría.

Nadó hacia la orilla, pero el traje de algodón dificultaba mucho sus movimientos, y cuando al fin tocó tierra, resultóle muy arduo subir sin ayuda por la escarpada margen. Tuvo que descansar unos minutos para recobrar el aliento. Luego, recogiéndose las mojadas faldas en los brazos, echó a correr tras la barcaza con toda la celeridad que le permitían sus piernas, ciego de indignación y sediento de venganza.

La barquera se reía aún cuando el Sapo la alcanzó.

—¡Ponte en la máquina de planchar, lavandera —le gritó—, arréglate y rízate la cara, y parecerás un Sapo bastante decente!

Pero él no se detuvo para contestarle. Lo que apetecía era un palpable desquite, no fáciles éxitos verbales de los que se lleva el viento, aunque se le ocurrieron entonces un par de vocablos que le hubiera gustado decirle. Vio frente a sí lo que necesitaba. Corriendo a toda prisa, alcanzó al caballo, desató la sirga, montó ágilmente en la bestia y la incitó a galopar dándole fuertes talonazos en las ijadas. Dirigió su montura hacia el campo abierto, dejando el camino de sirga y bajando por un sendero con carrileras. Miró hacia atrás y vio que la barcaza se había atascado al otro lado del canal, y a la barquera gesticulando hecha una furia y gritando: *¡Párate! ¡Párate! ¡Párate!*

—Ya he oído otra vez esa canción —dijo el Sapo, riendo, mientras seguía espoleando a su cabalgadura en su loca carrera.

El caballo de la barcaza era incapaz de un esfuerzo sostenido. Su galope no tardó en convertirse en trote, y éste, a su vez, trocóse en simple paso. Pero al Sapo ya le bastó, sabiendo que, por lo menos, seguía avanzando, mientras que la barcaza no se movía. Volvía a estar de buen humor, considerando que había realizado una acción propia de un ser realmente avisado. Con gran satisfacción cabalgó lenta y calladamente bajo el tibio sol, siguiendo atajos y caminos de herradura y procurando olvidar el largo tiempo transcurrido desde su última comida, hasta que dejó muy atrás el canal.

Habían recorrido algunas millas y el Sapo empezaba a sentirse soñoliento bajo el sol, cada vez más cálido, cuando el caballo se detuvo, bajó la cabeza y empezó a pacer la hierba. El Sapo evitó la caída enderezándose con esfuerzo. Miró en torno y vio

que se hallaba en un pasto común, salpicado de aulagas y cambrones hasta donde alcanzaba la vista. No lejos estaba una harapienta caravana de gitanos, y a su lado sentábase un hombre en un cubo invertido, muy ocupado en fumar y contemplando el ancho mundo. Allí cerca había un fuego de ramitas, sobre el cual pendía una marmita de hierro, con los burbujeos y murmullos del hervor, y de la que surgía una vaga y sugestiva humareda. También salían de ella ricos, cálidos y variados efluvios, que se unían, entrelazaban y formaban guirnaldas, hasta fundirse en un solo aroma completo, delicioso y perfecto, que parecía la propia alma de la naturaleza tomando forma y apareciéndose a sus hijos como una verdadera diosa, como una madre que esparce solaz y bienestar. El Sapo comprendió que, hasta entonces, nunca había estado hambriento de veras. Lo que sintió a primeras horas del día no fue más que insignificante apetito. Pero aquello era, al fin, hambre de veras. No le cabía duda. Y tendría que aplacarla rápidamente, pues, de lo contrario, algo o alguien sufriría las consecuencias. Miró con atención al gitano, pensando qué resultaría más fácil: si luchar con él o engañarlo. Se quedó, pues, montado en su cabalgadura, husmeando una y otra vez y contemplando al gitano. Este seguía sentado, fumando y mirando al Sapo.

Al cabo de un rato, el gitano se apartó la pipa de los labios y preguntó con indiferencia:

—¿Quieres vender tu caballo?

El Sapo quedó desconcertado. Ignoraba que a los gitanos les gusta mucho comprar y vender caballos y que nunca desperdician una oportunidad. No había pensado hasta entonces que las caravanas se trasladan continuamente y requieren muchos animales de tiro. No se le había ocurrido convertir el caballo en dinero, pero la insinuación del gitano parecía allanar el camino hacia las dos cosas que tanta falta le hacían: dinero contante y sonante y un suculento desayuno.

—¡Cómo! —dijo—. ¿Yo vender mi magnífico caballo? ¡Oh, no! ¡De ningún modo! ¿Quién llevaría a los clientes la ropa limpia todas las semanas? Además, le quiero demasiado y él está chocho por mí.

—Procura poner tu cariño en un asno —sugirió el gitano—. Algunos logran quererlos.

—Al parecer —prosiguió el Sapo—, no ves que este hermoso caballo es de una raza muy superior a la de los que usáis vosotros. Es, en parte, de pura raza. No la parte que tú ves, por supuesto, sino la otra. En sus buenos tiempos ganó un premio en las carreras... Ha transcurrido algún año desde entonces, pero se adivina con sólo echarle un vistazo, si uno entiende de caballos. No; ni por un momento se me ha ocurrido desprenderme de él. Sin embargo, ¿cuánto estarías dispuesto a ofrecerme por mi hermoso caballo, todavía en la flor de la edad?

El gitano lo miró atentamente. Luego contempló al Sapo y volvió a examinar la montura.

—Un chelín por pata —contestó lacónicamente.

Después volvió el rostro y siguió fumando, los ojos fijos en la lejanía, como si quisiera desconcertar al mundo con su insistente mirada.

—¿Un chelín por pata? —exclamó el Sapo—. Te ruego me des algún tiempo para calcularlo y ver lo que suma.

Se apeó del caballo, lo dejó pacer y se sentó en el suelo junto al gitano, contando con los dedos, hasta que dijo al fin:

—¿Un chelín por pata? ¡Vaya! Suma exactamente cuatro chelines, ni uno más. ¡Oh, no; de ningún modo! No puedo pensar siquiera un momento en dar por cuatro chelines mi magnífico caballo.

—Bueno —dijo el gitano—. Verás adónde llego. Te ofrezco cinco chelines, y es pagar tres chelines y seis peniques más de lo que vale. De ahí no paso.

El Sapo siguió sentado y permaneció largo rato sumido en profundas reflexiones. Se sentía hambriento y no tenía ni un penique. Estaba aún lejos del hogar (no sabía a qué distancia), y tal vez lo persiguieran sus enemigos. Por otra parte, no parecía aquélla una gran suma en pago de un caballo. Pero, al fin y al cabo, nada le había costado; cuanto sacara era beneficio. Dijo al fin con energía:

—¡Oye, gitano! Te diré hasta dónde llego, y es mi última palabra. Me darás seis chelines con seis peniques, al contado, y, además, todo el desayuno que pueda comer, en una sola sesión, por supuesto, de lo que guisáis en esa marmita que nos envía tan ricos efluvios. A cambio de eso te cederé mi brioso caballo, muy joven aún, con sus bellos arreos de propina. Si el trato no te gusta, dímelo y me marcho. Conozco a quien desde hace años desea comprármelo.

El gitano gruñó de lo lindo y afirmó que con unas pocas transacciones como aquélla se arruinaría. Pero al fin tiró de una sucia bolsa de saco que guardaba en la profunda faldriquera de su pantalón y contó seis chelines y seis peniques en la mano del Sapo. Luego desapareció un momento entre los carros de la caravana y regresó con un gran plato de hierro y cuchillo, cuchara y tenedor. Inclinó la marmita, y un magnífico chorro de rico y caliente estofado gorgoteó hacia el plato. Era, en verdad, el estofado más delicioso del mundo, pues había en él perdices, faisanes, gallinas, liebres, conejos, pavos, gallinas de Guinea y un par de cosas más. El Sapo se puso el plato sobre las rodillas, casi llorando de alborozo, y fue comiendo, comiendo, comiendo y pidiendo más y más, sin que el gitano lanzase la menor protesta. Pensó que en su vida había saboreado un desayuno tan rico.

Cuando el Sapo tuvo en el buche todo el estofado que en él cabía, se levantó, dijo adiós al gitano y se despidió afectuosamente del caballo. El gitano, que conocía muy bien la orilla del río, le indicó el camino, y el Sapo emprendió de nuevo la marcha, animado como nunca. Era, en verdad, un Sapo muy distinto del que una hora antes tanto sufría. El sol brillaba, esplendoroso. Tenía otra vez seco el vestido, le tintineaba el dinero en la faldriquera, se acercaba a su casa, a sus amigos y a la seguridad, y, lo mejor de todo, había saboreado una suculenta comida, caliente y nutritiva, y se sentía orondo, fuerte, despreocupado y lleno de confianza en sí mismo.

Mientras caminaba alegremente, recordó sus aventuras y huidas y pensó que, cuando las cosas parecían en su punto más negro, lograba siempre escapar. Y de nuevo se sintió henchido de orgullo y jactancia. «¡Jujuy!», se dijo, caminando con la cabeza muy erguida. «¡Qué listo soy! ¡A buen seguro que no existe en el mundo entero un animal tan avisado! Mis enemigos me encierran en una cárcel, rodeado de centinelas, vigilado día y noche por mis guardianes; pero yo salgo a través de todo, gracias a mi destreza y osadía. Me persiguen en locomotoras, con policías y revólveres, y les chasqueo los dedos y me desvanezco, riendo, por el aire. Desgraciadamente, me arroja a un canal una mujer de cuerpo rechoncho y de perverso espíritu. Pero ¿qué? Nado hasta la orilla, me apodero de su caballo, cabalgó triunfalmente en él y lo vendo por un buen puñado de dinero y un suculento desayuno. ¡Jujuy! ¡Soy el Sapo, el Sapo gallardo, popular y coronado de éxito!»

Tanto le infló su presunción, que, sin dejar de andar, compuso un canto en elogio de sí mismo, y lo entonó a voz en cuello, aunque no hubiese nadie para escucharlo. Es, tal vez, la canción más jactanciosa que haya compuesto animal alguno.

Grandes héroes tuvo el mundo,
la Historia lo ha confirmado,
pero nunca hubo ninguno
tan famoso como el Sapo.

Los que estudiaron en Oxford
han salido grandes sabios,
mas nadie llegó a saber
la mitad que el señor Sapo.

En el Arca de Noé
los animales lloraron.

¿Quién dijo: «¡Tierra a la vista!»?
Nadie: sólo el señor Sapo.

Por la carretera, en fila,
saludaban los soldados.
¿Al Rey? ¿Quizá al señor Kitchener?
No. ¡Pasaba el señor Sapo!

Preguntó la Reina un día:
«¿Quién es ese tan bizarro?»
Las doncellas respondieron:
«Majestad: ¡El señor Sapo!»

Seguían muchas otras estrofas de parecido estilo, pero demasiado jactanciosas para transcribirlas aquí. Las transcritas son de las más suaves.

Iba andando y cantando, y a cada minuto se inflaba más y más. Pero no tardaría su orgullo en recibir un rudo golpe.

Después de recorrer durante varias millas los senderos campestres, alcanzó la carretera real y, al entrar en ella y tender la mirada a lo lejos, vio acercarse una imperceptible motita que se convirtió en un punto, y luego en una burbuja, para trocarse finalmente en algo muy familiar. Una doble nota de aviso, de sobra conocida, le acarició el oído deliciosamente.

—¡Esto sí que me gusta! —exclamó entusiasmado el Sapo—. ¡Esto vuelve a ser la verdadera vida, el gran mundo que tanto he echado de menos! Saludaré a mis camaradas del volante, les contaré una historia como las que hasta ahora han tenido tanto éxito, y seguramente me llevarán; entonces les hablaré algo más y, con un poco de suerte, tal vez la cosa acabe subiendo yo en coche a mi casa. ¡Eso será darle su merecido al Tejón!

Avanzó confiado por la carretera para hacerle señal al coche, que iba a buena marcha, pero frenó al acercarse al camino rural; mas de pronto el Sapo palideció, le temblaron y cedieron las rodillas y se cayó desmayado, con un agudo dolor en las entrañas. Y con razón, pues el auto que se acercaba no era otro

167

que el que había robado en el patio de la posada *El León Rojo* el día fatal en que empezaron sus cuitas. ¡Y sus ocupantes eran los mismos que se sentaron en el salón del café y a los que él estuvo vigilando! Se quedó hecho un guiñapo en medio de la carretera, murmurando para sí, desesperado: «¡Ya vuelve a empezar! ¡Se acabó todo! ¡Otra vez cadenas y policías! ¡Otra vez la prisión! ¡De nuevo a pan y agua! ¡Oh, qué loco he sido! ¿Por qué contonearme por la campiña, entonando canciones jactanciosas y saludando a la gente en pleno día por la carretera, en vez de ocultarme hasta la noche y deslizarme sigilosamente hacia casa por caminos poco frecuentados? ¡Oh, alocado Sapo! ¡Desventurado animal!»

El terrible coche se acercó más y más, moderando la marcha, hasta que al fin lo oyó pararse a escasa distancia. Se apearon dos caballeros, avanzaron hasta el trémulo y triste guiñapo que yacía en la carretera, y uno de ellos dijo:

—¡Cielos! ¡Qué pena! ¡Aquí hay una pobre mujer, al parecer lavandera, que se ha desmayado por el camino! Tal vez, la pobre, sufre de insolación o no ha comido en todo el día. Subámosla al coche y llevémosla a la aldea más cercana, donde seguramente tendrá amigos.

Con gran ternura izaron al Sapo hasta el coche, lo acomodaron en blandos almohadones y emprendieron de nuevo la marcha.

Cuando el Sapo los oyó hablar tan bondadosa y cordialmente y vio que no lo reconocían, volvió a cobrar ánimo y abrió con cautela un ojo y luego el otro.

—¡Mira! —dijo uno de los caballeros—. Parece estar mejor. El aire fresco la ha hecho reaccionar. ¿Cómo está, buena mujer?

—Me siento mucho mejor. Gracias —contestó el Sapo con voz débil.

—Lo celebro —dijo el caballero—. Ahora estése quieta y, sobre todo, no hable.

—Claro que no —asintió el Sapo—. Sólo pensaba si podría ocupar el asiento delantero, al lado del chófer, pues me daría el aire fresco en la cara y pronto me sentiría del todo bien.

168

—¡Qué mujer más juiciosa! —exclamó el caballero—. Claro que puede usted sentarse allí.

Le ayudaron con gran cuidado a sentarse en la delantera, junto al conductor, y se pusieron en marcha otra vez.

Entre tanto, el Sapo ya casi volvía a ser el de siempre. Se sentaba erguido, miraba en torno y procuraba dominar los temblores, las ansias, y los antiguos deseos que surgían en su interior lo acosaban y se adueñaban de él enteramente.

«¡Es el destino!», se dijo. «¿Para qué luchar?» Y se volvió al chófer.

—¿Podría dejarme guiar un poco? —le dijo—. Le he estado observando, y ¡parece tan fácil e interesante! No sabe usted cuánto me gustaría poder contarle a mis amigos que, en cierta ocasión, guié un automóvil.

El chófer, al oír la proposición, rióse de tan buena gana que uno de los caballeros preguntó qué ocurría. Cuando oyó la respuesta, dijo, con gran delicia del Sapo:

—¡Bien, buena mujer! Me gusta su valentía. Déjale probarlo, a ver cómo se las arregla. No hay en ello ningún mal.

El Sapo se encaramó afanosamente al sitio que dejó vacante el conductor, empuñó el volante, oyó con afectada humildad las instrucciones que le dieron y puso el coche en marcha, primero con gran lentitud y cuidado, pues estaba decidido a ser prudente.

El caballero que se sentaba detrás batió palmas, y el Sapo le oyó decir:

—¡Qué bien lo hace! ¡Imagínate: una lavandera guiando así un coche, y por primera vez!

El Sapo aceleró algo, y luego fue aumentando más y más la marcha. Oyó que los caballeros le advertían:

—¡Cuidado, lavandera!

Esto le molestó y empezó a perder la cabeza.

El chófer intentó intervenir, pero el Sapo lo clavó en su asiento de un codazo y puso el coche a toda marcha. El azote del aire en su rostro, el zumbido del motor y los leves saltos del auto embriagaban su débil cerebro.

—¡Conque lavandera, eh! —gritó insensatamente—. ¡Ja, ja! ¡Soy el Sapo, el ladrón de coches, el que se fuga de las cárceles, el que siempre se escapa! ¡No se muevan del asiento y verán lo que es guiar de veras! ¡Están ustedes en manos del famoso y diestro Sapo, que jamás conoció el miedo!

Con un grito de terror, levantáronse todos los excursionistas y se arrojaron sobre él.

—¡Cogedlo! —gritaban—. ¡Coged al Sapo, al perverso animal que nos robó el coche! ¡Atadlo, encadenadlo, arrastradlo hasta la delegación de policía más próxima!

¡Ay! Debieran haber reflexionado, mostrarse más prudentes y acordarse de parar el coche como fuese, antes de permitirse tales expansiones. Dando media vuelta al volante, el Sapo hizo irrumpir violentamente el coche por el seto bajo que bordeaba la carretera. Un gran brinco, un tremendo choque, y las ruedas del coche giraron inútilmente, hundidas en el espeso fango de una charca de las que usan las caballerías como abrevadero.

El Sapo voló por el aire con el ímpetu y el delicado giro de una golondrina. Le gustó el movimiento, y empezaba a pensar si seguiría volando hasta que le crecieran alas y se convirtiera en un pájaro-sapo, cuando aterrizó violentamente de espaldas en la blanda y espesa hierba de un prado. Sentóse y vio el coche en la charca, casi sumergido del todo. Los caballeros y el chófer, muy embarazados por sus largos abrigos, daban traspiés, intentando en vano salir del agua.

El Sapo se rehizo rápidamente y echó a correr como un galgo por la campiña, saltando setos, salvando acequias, brincando por las tierras de labor, hasta que, rendido y sin aliento, hubo de refrenar el paso. Al pasarle el jadeo, pudo pensar con mayor calma y empezó a reírse por lo bajo; luego sus risitas se convirtieron en estrepitosas carcajadas, y tanto se rio que al fin tuvo que sentarse bajo un seto. «¡Ja! ¡Ja!», hacía, en un éxtasis de propia admiración. «¡El Sapo otra vez! ¡El Sapo triunfante como siempre! ¿Quién les convenció para que lo llevaran? ¿Quién logró ocupar el asiento delantero para que le diese el aire fresco? ¿Quién les engatusó para que le dejaran conducir? ¿Quién los hizo aterrizar a todos en un abrevadero? ¿Quién se escapó, volando alegremente y sin daño alguno por el aire, dejando a los excursionistas mezquinos, gruñones y apocados en el fango, donde deben estar? ¿Quién? El Sapo, por supuesto; el avisado Sapo. El Sapo grande y bueno.»

Luego prorrumpió de nuevo en su canto, entonando con aguda voz esta estrofa:

> El auto hacía «¡Pup, pup!»,
> pasando como un relámpago.
> ¿Quién lo sumergió en la charca?
> ¡El sin igual señor Sapo!

—¡Oh, qué listo soy! —añadió—. ¡Qué listo! ¡Qué lis...!

Un rumor lejano le hizo volver la cabeza. ¡Horror, desgracia, desesperación!

Unos dos campos más allá, un chófer con polainas de cuero y dos guardias rurales corrían hacia él a toda prisa.

El pobre Sapo se levantó de un salto y echó a correr de nuevo, con un nudo en la garganta. «¡Ay de mí!», exclamaba, jadeante. «¡Qué borrico soy! ¡Qué asno presumido e insensato! ¡Otra vez chillando y cantando canciones! ¡Sentado e inflándome como un globo! ¡Ay de mí! ¡Ay de mí!»

Miró hacia atrás y, con gran desmayo, vio que le ganaban terreno. Siguió corriendo desesperadamente, pero sin dejar de mirar de cuando en cuando, y observó que la distancia se acortaba cada vez más. Hizo cuanto pudo, pero era un animal obeso y de cortas piernas, y sus perseguidores seguían ganando terreno. Ya los oía a su espalda, muy cerca. Sin mirar por donde

andaba, siguió luchando ciega y locamente, mirando con el rabillo del ojo al ya triunfante enemigo, cuando de pronto le falló la tierra bajo los pies, levantó los brazos y, ¡*plas!*, cayó de cabeza en el agua profunda y rápida, un agua que lo arrastraba con invencible ímpetu; ¡y comprendió que, en su ciego pánico, se había arrojado al río!

Subió a la superficie y procuró agarrarse a las cañas y juncos que crecían al borde del agua, debajo de la orilla, pero tan fuerte era la corriente que se los arrancaba de las manos. «¡Ay de mí!», exclamó, jadeante, el pobre Sapo. «¡Que me ahorquen si alguna vez vuelvo a robar un coche! ¡Y si vuelvo a cantar una canción jactanciosa…!»

Pero se hundió de nuevo, y volvió a subir, sin aliento y escupiendo agua. Al poco rato vio que se acercaba a un agujero de la orilla, muy oscuro y bastante bajo, y, al llevarlo junto a él la corriente, lo alcanzó con una pata y se quedó firmemente asido a su borde. Luego, poco a poco y con pena, salió del agua, hasta que al fin pudo apoyar los codos en el borde del agujero. Así permaneció unos minutos, dando bufidos y jadeante, pues estaba de veras rendido.

Mientras suspiraba, resoplaba y miraba el sombrío agujero, apareció como una parpadeante lucecita en sus profundidades y avanzó hacia él. Al acercarse, poco a poco surgió un rostro en torno a la trémula luz, ¡y era un rostro muy conocido!

Pardo, pequeño y con patillas.

Grave y redondo, con nítidas orejas y sedoso pelo.

¡Era el Ratón de Agua!

11. *Lo peor ya ha pasado*

El Ratón tendió una limpia patita parda y asió al Sapo firmemente por la nuca, dándole un fuerte tirón.

El Sapo, cargado de agua, subió despacio, pero sentando bien los pies, hasta el agujero, y al fin llegó sano y salvo al vestíbulo, muy manchado de barro, cubierto de hierbajos y chorreando agua por todas partes, pero feliz y brioso como antaño al encontrarse otra vez en casa de un amigo, terminadas ya las trampas y evasiones y pudiendo quitarse un disfraz indigno de su categoría y que requería una constante comedia.

—¡Oh Ratoncito! —exclamó—. ¡No puedes figurarte los aprietos que he pasado desde que te vi! ¡Qué aflicciones y sufrimientos y cuán noblemente sobrellevados! ¡Luego, qué fugas, disfraces y subterfugios, y tan sagazmente planeado y ejecutado todo! He estado en la cárcel, pero, por supuesto, salí de ella. Me echaron a un canal y nadé hasta la orilla. Robé un caballo y lo vendí por una cuantiosa suma. Engañé a todo el mundo. ¡Les obligé a hacer exactamente lo que yo quería! ¡Oh! ¡Soy un Sapo ingenioso, no cabe duda! ¿Sabes cuál ha sido mi última hazaña? Cállate un momento, que voy a contártela.

—Amigo Sapo —le dijo con firmeza el Ratón—: vete arriba

ahora mismo, quítate esos harapos de algodón que parecen haber pertenecido en otros tiempos a una lavandera, límpiate de pies a cabeza, ponte ropa mía y procura bajar, si puedes, con aspecto de caballero. ¡En mi vida he visto a nadie tan sucio y zarrapastroso ni con ese aire de bandido! ¡Déjate de fanfarronadas y vete arriba! Luego ya te contaré yo algo.

De primeras, el Sapo se sintió inclinado a replicarle. Estaba harto de que le dieran órdenes en la cárcel y, al parecer, empezaba de nuevo la cosa, ¡y el *mandamás* era nada menos que un simple Ratón! Pero vio reflejada su imagen en el espejo que había encima de la percha, con la raída cofia negra inclinada sobre uno de sus ojos, y, cambiando de idea, subió la escalera con rapidez y humildad. Allí se lavó y cepilló enérgicamente, se mudó de traje y permaneció largo rato ante el espejo, contemplándose con orgullo y placer y pensando en lo ingenuos que tenían que ser los que lo habían tomado por una lavandera.

Al bajar, ya estaba servido el almuerzo, de lo que se alegró mucho el Sapo, pues le habían sucedido bastantes cosas desagradables y se había visto obligado a hacer mucho ejercicio desde que despachara el excelente desayuno que le había ofrecido el gitano. Mientras comían, el Sapo le contó al Ratón sus aventuras, deteniéndose especialmente en la descripción de su gran talento, su presencia de ánimo en los momentos difíciles y su astucia en los lugares peligrosos, queriendo dar a entender que había vivido unas experiencias divertidas y altamente pintorescas. Pero cuando más charlaba y se engreía, más grave y callado estaba el Ratón.

Cuando al fin se calló el Sapo, hubo unos momentos de silencio, y luego el Ratón tomó la palabra:

—Oye, amigo Sapo —le dijo—, no quiero apenarte, después de todo lo que has pasado. Pero ¿no ves hasta qué punto has hecho el imbécil? Según tu propia confesión, te han esposado, metido en la cárcel, condenado a pan y agua, perseguido. Te han dado sustos mortales, te han arrojado ignominiosamente al agua. ¿Dónde está la diversión? ¿Por dónde asoma la gracia? Y todo porque se te ocurrió robar un coche. Ya te consta que sólo has sacado de los autos quebraderos de cabeza desde que pusiste en ellos los ojos. Pero, aunque quieras aceptar las molestias que te esperan a los cinco minutos de andar entre autos, ¿por qué *robarlos* precisamente? Sé un lisiado, si lo crees emocionante. Arruínate, si te apetece, para variar un poco. Pero ¿por qué quieres ser un presidiario? ¿Cuándo tendrás seso y pensarás en tus amigos, procurando ser para ellos motivo de orgullo? ¿Crees que es para mí un placer que me señalen con el dedo diciendo que ando con delincuentes?

Uno de los aspectos más simpáticos del carácter del Sapo era su bondadoso corazón y la paciencia con que soportaba que le vituperasen sus verdaderos amigos. Por muy entusiasmado que estuviera con algo, nunca se le ocultaba el otro aspecto de la cuestión. Mientras el Ratón hablaba tan seriamente, el Sapo protestaba para su capote: «¡Pues sí, era divertido! ¡Divertidísimo!», y hacía en su interior unos ruidos apagados: *Kik, kik; pup, pup,* y otros rumores que parecían ahogados ronquidos o botellas de gaseosa al abrirse. Pero cuando el Ratón terminó su perorata, el Sapo exhaló un profundo suspiro y dijo con dulzura y humildad:

—¡Tienes toda la razón, Ratoncito! ¡Qué convincente estás siempre! Sí; he sido un borrico jactancioso, lo veo con claridad. Pero ahora seré un Sapo bueno y rectificaré mi conducta. En cuanto a los autos, ya no me entusiasman tanto desde que me remojé en tu río. El caso es que, mientras me agarraba al borde de tu cobijo para cobrar aliento, se me ocurrió de pronto una idea, una idea de veras luminosa, referente a las lanchas con motor... ¡Bueno, bueno! No lo tomes así, amigo; no hay por qué patalear y derribar las cosas. Se trata sólo de una idea, y ahora no hablemos más. Tomaremos café, fumaremos, charlaremos tranquilamente, y luego bajaré poco a poco hasta mi casa, para ponerme ropa mía y dejar en marcha las cosas como antes. Basta ya de aventuras. Llevaré una vida sosegada, metódica y seria, ocupándome de las tareas de mi finca, mejorándola y dedicándome algo a la jardinería. Cuando me visiten los amigos, siempre encontrarán en casa algo que cenar. Y tendré un cochecito, con su jaca, para pasear por la campiña, como en mis buenos tiempos, antes de que me entrase esa extraña inquietud y esa comezón de hacer cosas.

—¿Dices que bajarás poco a poco hasta tu casa? —exclamó el Ratón, muy excitado—. Pero ¿sabes lo que estás diciendo? ¿Es que no te has enterado todavía?

—¿Enterado de qué? —preguntó el Sapo, palideciendo—. ¡Sigue hablando, Ratoncito! ¡En seguida! ¡No me lo ocultes! ¿Qué ha pasado?

—¿Es que no has oído nada —gritó el Ratón, golpeando la mesa con su menudo puño— acerca de los armiños y las comadrejas?

—¡Cómo! ¿Qué ha ocurrido con los habitantes del bosque? —exclamó el Sapo, temblando de pies a cabeza—. ¡No, no sé ni una palabra! ¿Qué han hecho?

—¿No sabes que se han apoderado de tu casa? —prosiguió el Ratón.

El Sapo apoyó los codos en la mesa y el mentón en las manos. Sendas lágrimas asomaron a sus ojos, desprendiéronse y fueron a chocar con la mesa: ¡plop, plop!

—Prosigue, Ratoncito —murmuró al cabo de un rato—. Cuéntamelo todo. Lo peor ya ha pasado. Vuelvo a ser dueño de mí mismo y podré soportarlo.

—Cuando... cuando te metiste en ese lío —dijo el Ratón lentamente y con solemnidad—, quiero decir, cuando... desapareciste de la sociedad por cierto tiempo, debido a aquel error a propósito de un coche, ¿sabes?...

El Sapo se limitó a asentir con la cabeza.

—Bueno; pues se comentó bastante aquí, por supuesto —prosiguió el Ratón—, no sólo a lo largo de la orilla, sino también en el bosque. Los animales se dividieron en dos bandos, como siempre suele ocurrir. Los habitantes del río estaban de tu parte, y afirmaban que habías sido objeto de un trato infame y que en este país no existe ya la justicia. Pero los del bosque decían de ti cosas muy fuertes y te dejaban hecho un guiñapo, afirmando que ya era tiempo de que aquello acabase. Andaban muy engreídos, y aseguraban que habían acabado contigo. Que ya no volverías nunca jamás.

El Sapo volvió a asentir con la cabeza, guardando silencio.

—Así son esas bestezuelas —prosiguió el Ratón—. Pero el Topo y el Tejón, contra viento y marea, afirmaban que volverías pronto, del modo que fuese. No sabían cómo, pero tú regresarías.

El Sapo volvió a erguirse algo en su silla, insinuando una sonrisa.

—Sacaban sus argumentos de la historia —prosiguió el Ratón—. Decían que ninguna ley prevaleció jamás contra una desfachatez y una astucia como las tuyas, combinadas con el poder de una cartera bien provista. Decidieron, pues, trasladar sus cosas a tu casa, dormir allí y tenerla aireada y dispuesta para tu regreso. No temieron, por supuesto, lo que iba a ocurrir, aunque los animales del bosque les inspiraban ciertas sospechas. Y ahora llego a la parte más penosa y trágica de mi relato. Una noche muy oscura, con mucho viento y lloviendo a cántaros, una banda de comadrejas, armadas hasta los dientes, avanzaron sigilosamente por la avenida hasta la puerta principal. Al mismo tiempo, un grupo de temerarios hurones, avanzando por el huerto, se apoderó del patio, de la cocina y de los cuartos de servicios. Mientras tanto, una cuadrilla de armiños, desplegados en guerrilla, ocupaban el invernáculo y la sala de billar, y se apostaban en las ventanas francesas que dan al prado.

»El Topo y el Tejón estaban sentados junto a la lumbre, en el fumadero, contando anécdotas y sin la menor sospecha, pues era una noche nada propicia para que salieran los animales, cuando aquellos sanguinarios bandidos echaron las puertas abajo, irrumpiendo por todas partes como una tromba. Tus amigos lucharon como bravos, pero ¿de qué iba a servirles? Estaban sin armas y los cogieron de improviso. Además, ¿qué pueden dos bestezuelas contra varios centenares? Los prendieron y, tras darles una buena paliza, echaron fuera a tus pobres amigos, en medio del frío y la lluvia, con no pocos insultos y vituperios.

Al oír esto, el insensible Sapo empezó a soltar una risa tonta, pero se dominó en seguida y procuró adoptar una actitud solemne.

—Y desde entonces, los habitantes del bosque han vivido en tu casa —siguió explicando el Ratón— y con no poco regalo. Están en cama la mitad del día, comen a todas horas y, según me han asegurado, lo tienen todo que da asco. Devoran tus provisiones, saquean tu bodega, hacen chistes malos acerca de ti y cantan groseras canciones sobre... Pues sobre cárceles, magistrados y policías: unos cantos de intención agresiva, sin la menor gracia. Y dicen a los tenderos y a todo el mundo que se quedarán siempre allí.

—¡Oh! ¿Eso dicen? —exclamó el Sapo, levantándose y cogiendo un bastón—. ¡Pronto lo veremos!

—¡No hagas tonterías, Sapo! —dijo el Ratón, yendo en pos de su amigo—. Vale más que vuelvas y te sientes; no lograrás sino molestias.

Pero el Sapo ya estaba fuera y nadie era capaz de detenerlo. Bajó rápidamente por el camino, con el bastón al hombro, echando chispas, refunfuñando, hasta alcanzar la puerta principal de su mansión. De pronto, se asomó tras la empalizada un hurón amarillo y larguirucho empuñando un fusil.

—¿Quién va? —preguntó secamente el hurón.

—¡Déjate de tonterías! —contestó el Sapo, muy airado.

—¿Qué significa hablarme así? Lárgate en seguida, pues de lo contrario...

Nada añadió el hurón, pero le apuntó con el fusil. El Sapo, con gran prudencia, se echó al suelo, y, *¡bang!* una bala silbó junto a su cabeza.

Muy asustado, volvió a levantarse y echó a correr como un galgo por el camino. Mientras huía, oyó la risa del hurón, a la que hacían eco otras hórridas risitas.

Regresó muy alicaído, y contó el suceso al Ratón.

—¿No te lo dije? —le recordó su amigo—. De nada sirve. Tienen centinelas, y todos ellos están armados. No hay más recurso que esperar.

Pero el Sapo no quiso abandonar la partida. Sacó el bote

179

y bogó río arriba, hasta el sitio donde el jardín de su casa llegaba hasta el agua.

Al avistar su morada, apoyóse sobre los remos y miró atentamente en torno. Todo parecía muy sosegado, desierto y silencioso. Veía la fachada reluciente a la luz de Poniente, las palo-

mas posándose aparejadas y de tres en tres sobre los largos aleros. El jardín, hecho un ascua de flores. La cala que conducía a la casita de las barcas y el puentecito de madera, todo tranquilo, deshabitado, esperando, al parecer, su regreso. Decidió dirigirse primero a la casita de los botes. Bogó cautamente hacia la boca de la cala, y pasaba bajo el puente cuando..., ¡bam!

Una gran piedra, arrojada desde arriba, dio contra el fondo del bote y lo agujereó. Llenóse la embarcación y se hundió en seguida. El Sapo se agitaba en el agua. Alzó los ojos y vio dos armiños apoyados en la baranda del puente, contemplándolo con gran regocijo.

—¡La próxima vez te daremos en la cabeza, señor Sapo! —le gritaron.

El indignado Sapo nadó hacia la orilla, mientras los armiños reían como locos, sosteniéndose uno a otro, y volvían a soltar la carcajada, hasta que casi les dieron dos ataques de nervios..., uno a cada cual, por supuesto.

El Sapo desanduvo a pie el camino recorrido y relató una vez más al Ratón sus descorazonadoras experiencias.

—¿No te lo dije? —observó, muy enojado, el Ratón—. Y ahora, atiende. ¿Sabes lo que has hecho? ¡Pues perderme la barca que tanto quería y estropearme ese precioso traje que te presté! Realmente, Sapo, te llevas la palma entre los animales más molestos... ¡No sé cómo puedes conservar un solo amigo!

El Sapo comprendió una vez más que había obrado equivocada y tontamente. Reconoció sus yerros y su obstinación, y presentó muchas excusas a su amigo por haber perdido su bote y haberle estropeado el traje. Y, con aquella franca rendición que siempre desarmaba la crítica de sus amistades y las conquistaba de nuevo, le dijo:

—¡Ay, Ratoncito! Ya veo que he sido un Sapo cabezudo y terco. De ahora en adelante, puedes creerlo, seré humilde y dócil y nada haré sin tu consejo y aprobación.

—Si realmente es así —dijo el bondadoso Ratón, ya apaciguado—, considerando que es ya muy tarde, te aconsejo que te sientes y cenes, pues dentro de un minuto te serviré, y que tengas mucha paciencia. Estoy convencido de que nada podemos hacer sin ver antes al Topo y al Tejón, sin oír sus últimas noticias, celebrar con ellos una conferencia y escuchar su consejo en este difícil asunto.

—¡Ah, sí, claro! El Topo y el Tejón —dijo frívolamente el Sapo—. ¿Qué ha sido de ellos, pobres muchachos? Los había olvidado.

—¡Ya es hora de que preguntes por ellos! —exclamó el Ratón con reproche—. Mientras tú recorrías el país en lujosos automóviles, galopabas con orgullo en caballos de raza y engullías suculentos desayunos, esas pobres bestezuelas acampaban al aire libre, con bueno o mal tiempo, llevando durante el día una vida muy difícil y viviendo aún peor por la noche; vigilaban tu casa, patrullaban por los límites de la finca, haciendo proyectos y planes para devolverte tu propiedad. No mereces amigos tan leales y abnegados, Sapo. De veras, no los mereces. Algún día, cuando sea demasiado tarde, lamentarás no haber reconocido a tiempo su valor.

—Ya sé que soy un animal ingrato —sollozó el Sapo, derramando amargas lágrimas—. Deja que salga a buscarlos, en la oscuridad y el frío de la noche, para compartir sus penalidades y procurar demostrarles que... ¡espera un poco! ¡Llegó la cena, al fin! ¡Hurra! ¡Vamos, Ratón!

El Ratón recordó que el pobre Sapo había estado sometido a ración carcelera durante largo tiempo y que, por lo tanto, debía servirle abundante comida. Lo acompañó a la mesa y, con generosa hospitalidad, le animó en sus valerosos esfuerzos para compensar las pasadas privaciones.

En el preciso instante en que terminaban la cena y volvían a ocupar los sillones, sonó en la puerta una fuerte llamada.

El Sapo se puso algo intranquilo, pero el Ratón, haciéndole con la cabeza un signo de inteligencia, se dirigió en seguida a la puerta, la abrió y entró en la estancia el señor Tejón.

Tenía el aspecto de quien ha pasado varias noches fuera de casa, sin las pequeñas comodidades del hogar. Llevaba el calzado cubierto de barro e iba sucio y despeinado. Pero, en realidad, ni en sus mejores tiempos fue el Tejón muy elegante. Acercóse con solemnidad al Sapo, le estrechó la mano y le dijo:

—¡Bienvenido a tu casa, amigo Sapo! Pero ¿qué digo a tu casa? Ésta sí que es una triste bienvenida. ¡Pobre Sapo!

Luego le volvió la espalda, se sentó en la mesa y se sirvió un buen trozo de empanada fiambre.

El Sapo se alarmó bastante ante aquel modo grave y prodigioso de saludar. Pero el Ratón le murmuró al oído: «No te preocupes. No le hagas caso ni le digas nada por ahora. Suele estar muy alicaído y melancólico cuando tiene hambre. Dentro de media hora será otro.»

Esperaron, pues, en silencio, y al poco rato se oyó en la puerta una llamada, aunque más débil. El Ratón, haciéndole al Sapo un signo con la cabeza, se dirigió a la puerta e introdujo al Topo, muy desarreglado y sucio, con briznas de heno que llevaba pegadas a la piel.

—¡Hurra! ¡Aquí tenemos al viejo Sapo! —exclamó el Topo, con el rostro radiante—. ¡Qué suerte contarte de nuevo entre nosotros! —Y empezó a bailar en torno al recién llegado—. ¡Jamás soñé que volvieses tan pronto! ¡Vamos! ¡Habrás logrado escapar, Sapo listo, ingenioso, inteligente!

El Ratón, alarmado, le dio un codazo, pero era demasiado tarde. El Sapo daba ya bufidos y se inflaba.

—¿Listo? ¡Oh, no! —dijo—. Según mis amigos, nada tengo de listo. Sólo me he evadido de la prisión más bien guardada de Inglaterra. Sólo capturé un tren y me escapé en él. Sólo me disfracé y recorrí el país engañando a todo el mundo. Eso es todo. ¡Oh, no! ¡Soy un estúpido, un borrico! Te contaré un par de mis pequeñas aventuras, amigo Topo, y podrás juzgar por ti mismo.

—Bueno, bueno —dijo el Topo, acercándose a la mesa—, es preferible que hables mientras yo como. ¡No he probado bocado desde el desayuno!

Se sentó y sirvióse un buen plato de carne fiambre con pepinillos.

El Sapo se plantó en la esterilla del hogar, metió mano en el bolsillo de su pantalón y sacó un puñado de plata.

—¡Mirad! —gritó, mostrándoles las monedas—. No está del todo mal, ¿eh?, con sólo unos minutos de trabajo. ¿Y cómo te figuras que lo gané, amigo Topo? ¡Pues comprando y vendiendo caballos!

—Prosigue, Sapo, prosigue —le instó el Topo, muy interesado.

—¡Sapo, haz el favor de callarte! —le ordenó el Ratón—. No le des alas, Topo. De sobra lo conoces. Dinos en seguida cómo andan las cosas y lo que debe hacerse, ahora que el Sapo vuelve a estar aquí.

—Las cosas no pueden andar peor —contestó el Topo, malhumorado—; y, en cuanto a lo que debe hacerse, bueno, ¡que me ahorquen si lo sé! El Tejón y yo hemos dado vueltas en torno a la finca, noche y día; pero siempre lo mismo. Centinelas apostados por todas partes. Siempre algún animal vigilando, y, cuando nos ven, ¡qué modo de reírse! Eso es lo que más me molesta.

—Es una situación muy difícil —dijo el Ratón, reflexionando—. Pero creo entrever ahora, allá, en lo hondo de mi magín, lo que debe hacer el Sapo. Debe...

—¡No, no! —le interrumpió el Topo, con la boca llena—. ¡Nada de eso! No entiendes la cuestión. Lo que debe hacer es...

—¡Bueno, sea como fuere, no lo haré! —exclamó el Sapo, empezando a excitarse—. ¡No permitiré que gente como vosotros me dé órdenes! Se trata de mi casa y sé muy bien lo que debo hacer, y voy a decíroslo ahora mismo. Voy a...

Los tres hablaban a la vez y a voz en cuello, con un barullo ensordecedor, cuando se dejó oír una voz aguda y seca diciendo:

—¡Silencio todos!

Y en el acto se callaron.

Era el Tejón, que, terminada la empanada, se había vuelto hacia ellos y los miraba con severidad. Cuando vio que le atendían, esperando que hablara, volvióse de nuevo hacia la mesa y cogió el queso. Y tan grande era el respeto que infundían las innegables cualidades de aquel admirable animal, que nadie dijo palabra hasta que terminó su cena y se sacudió las migajas de las rodillas. El Sapo se movía bastante, pero el Ratón le obligaba a estar quieto.

Cuando el Tejón hubo comido, levantóse de su asiento y se puso de pie junto al hogar, sumido en profundas reflexiones.

Por fin habló.

—¡Sapo! —dijo—. ¡Bestezuela mala y molesta! ¿No estás avergonzado de ti mismo? ¿Qué diría tu padre, mi viejo amigo, si estuviera aquí esta noche y supiera todas tus andanzas?

El Sapo, que se había sentado en el sofá, con las piernas dobladas, ocultó en seguida el rostro entre las manos y sacudieron su cuerpo los más amargos sollozos.

—Vamos, vamos —prosiguió el Tejón, más afable—. No lo tomes tan a pecho. Borrón y cuenta nueva. Pero lo que dice el Topo es la pura verdad. Los armiños vigilan por todas partes y son los mejores centinelas del mundo. Es inútil pensar en atacar la plaza. Son demasiado fuertes.

—Entonces, todo se ha acabado —sollozó el Sapo, derramando sus lágrimas sobre los almohadones del sofá—. ¡Me alistaré como soldado y no veré ya mi casa!

—¡Vaya, anímate, amigo! —le dijo el Tejón—. Puede recuperarse un sitio de muchas maneras; no se reduce todo a tomarlo por asalto. Todavía no he dicho mi última palabra. Voy a revelaros un secreto.

El Sapo se levantó en su asiento y se secó las lágrimas. Los secretos poseían para él una atracción irresistible, pues era incapaz de guardar uno, y le encantaba el impío estremecimiento que recorría su espinazo al revelar un secreto a otro animal, después de haber prometido solemnemente guardarlo.

—Hay un... pasaje... subterráneo —dijo el Tejón de modo impresionante— que conduce desde la orilla del río, muy cerca de aquí, al mismo centro de la casa del Sapo.

—¡Qué tontería, Tejón! —dijo vivamente el Sapo—. Habrás prestado oído a las habladurías de las tabernas. Conozco palmo a palmo mi casa, por dentro y por fuera. Te aseguro que no hay nada de lo que dices.

—Oye, jovencito —dijo el Tejón severamente—: tu padre, que era un noble animal, bastante más digno que algunos que yo conozco, fue gran amigo mío y me contó muchas cosas que no se le hubiera ocurrido revelarte. Descubrió ese pasaje (no lo hizo, por supuesto: lo habían abierto muchos centenares de años antes de que él viviera allí), y lo reparó y limpió, pensando que pudiera ser útil algún día, en caso de apuro o peligro. En cierta ocasión me lo enseñó, diciendo: *No le hables de eso a mi hijo. Es un buen muchacho, pero de carácter frívolo y voluble, y sin fre-*

no en la lengua. Si alguna vez se halla en un verdadero aprieto y el pasaje pudiera serle útil, puedes revelarle su existencia, pero no antes.

Los demás animales miraron fijamente al Sapo para ver cómo reaccionaba. Primero pareció inclinado a poner muy mala cara, pero no tardó en recobrar el buen humor, pues, en el fondo, era una excelente bestezuela.

—Bueno, bueno —dijo—; tal vez sea algo charlatán. Siendo sujeto popular, se apiñan los amigos en torno de mí, bromeamos, contamos cosas con mucha sal y a veces se me suelta algo la lengua. Tal vez no tenga otros dones, pero no me falta el de la conversación. Algunos me han dicho que debiera dar reuniones periódicamente, abrir un *salón*, como dicen los franceses. No importa. Prosigue, Tejón amigo. ¿Qué utilidad podrá prestarnos ese pasaje?

—Últimamente he sabido algo interesante —prosiguió el Tejón—. Pedí a la Nutria que se disfrazara de deshollinador y llamara a la puerta trasera, con muchos escobillones al hombro, pidiendo trabajo. Así me enteré de que mañana por la noche celebrarán un gran banquete. Es el cumpleaños de alguien (creo que de la reina de las comadrejas), y todos se reunirán en el salón de fiestas para comer, beber y reírse a sus anchas, sin sospechar nada. ¡Ni fusiles, ni espadas, ni bastones, ni arma alguna!

—Pero los centinelas estarán apostados como de costumbre —observó el Ratón.

—Claro —asintió el Tejón—. A eso voy. Las comadrejas confiarán por completo en sus admirables centinelas. Y ahora viene lo del pasaje. ¡Esa utilísima galería pasa por debajo de la despensa del mayordomo, junto al comedor!

—¡Ajajá! ¡El tablón agrietado de la despensa! —exclamó el Sapo—. ¡Ahora me lo explico!

—¡Nos arrastraremos sigilosamente hasta la despensa del mayordomo! —exclamó el Topo.

—Con nuestras pistolas, espadas y palos —gritó el Ratón.

—...Y nos arrojaremos sobre ellos —dijo el Tejón.

—¡Y les daremos una soberana paliza! ¡Duro! ¡Duro! ¡Duro!

187

—exclamó el Sapo, arrobado, dando vueltas como un loco por la estancia y saltando de una silla a otra.

—De acuerdo —dijo el Tejón, volviendo a hablar secamente, como de costumbre—. Queda trazado el plan, y nada debe ser ya motivo de discusión ni riña. Como es bastante tarde, debéis acostaros todos sin perder tiempo. Mañana por la mañana lo dispondremos todo.

El Sapo, por supuesto, se fue dócilmente a la cama como los demás (no quiso cometer la locura de negarse a ello), aunque estaba demasiado excitado para dormir. Pero aquella jornada había sido para él muy larga y henchida de acontecimientos, y las sábanas y mantas resultaban muy amables y cómodas, tras descansar sobre simple paja, y no muy abundante, esparcida en el duro suelo de una celda con muchas corrientes de aire. A los pocos segundos de reclinar la cabeza en la almohada, ya roncaba, feliz.

Soñó mucho, naturalmente. Soñó con caminos que huían de él precisamente cuando los necesitaba. Con canales que lo perseguían y le daban alcance. Con una barcaza que se deslizaba hasta el comedor de su casa, trayendo la colada semanal, cuando él daba un banquete. Recorría solo el pasaje secreto, avanzando más y más, pero de pronto se retorcía el túnel, sacudiéndose, y el Sapo tenía que sentarse en su extremo: mas, al fin, hallóse de nuevo en su morada, seguro y triunfal, con todos sus amigos en torno, asegurándole muy seriamente que era el más listo de los sapos.

Durmió hasta muy entrada la mañana y, al bajar, vio que los demás ya habían desayunado hacía rato. El Topo había salido sigilosamente, sin contar a nadie dónde iba. El Tejón sentábase en una butaca, leyendo el periódico, al parecer nada preocupado por lo que iba a ocurrir aquella noche. El Ratón, por su parte, andaba muy atareado transportando armas de toda suerte, con las que hacía montoncitos en el suelo, y decía, excitado, en voz baja:

—¡Una espada para el Ratón, una espada para el Topo, una espada para el Sapo, una espada para el Tejón! ¡Una pistola para el Ratón, una pistola para el Topo, una pistola para el Sapo, una pistola para el Tejón!

—Y seguía rítmicamente, mientras los cuatro montoncitos crecían más y más.

—Está muy bien, Ratón —dijo el Tejón al cabo de un rato, mirando al afanoso animal por encima del periódico—. No te critico. Pero en cuanto dejemos atrás los armiños, con sus detestables fusiles, te aseguro que no necesitaremos sables ni pistolas. Los cuatro, con nuestros bastones, una vez en el comedor, barremos a esa taifa en cinco minutos. Yo solo sería capaz de hacerlo, pero no quiero privaros de esa diversión.

—Vale más prevenirse —dijo, pensativo, el Ratón, limpiando con la manga el cañón de una pistola y mirándolo atentamente.

El Sapo, acabado ya el desayuno, cogió un recio palo y lo blandió enérgicamente, vapuleando a imaginarios animales.

—¡Ya les *aprenderé* yo a robarme la casa! —gritaba—. ¡Ya les *aprenderé* yo!

—No digas les *aprenderé* —dijo el Ratón, muy extrañado— No es correcto.

—¿Por qué estás siempre regañando al Sapo? —preguntó el Tejón, con bastante mal humor—. ¿Acaso no habla bien? Su lenguaje es el mismo que yo uso, y si va bien para mí, no veo por qué no ha de gustarte.

—Lo siento —dijo humildemente el Ratón—. Pero creo que debe decirse *les enseñaré*, en vez de *les aprenderé*.

—Lo que queremos es que *aprendan*, ¿sabes? —replicó el Tejón—. ¡Y aprenderán, no lo dudes!

—Bueno, bueno; sea lo que tú quieras —contestó el Ratón.

También estaba algo confuso sobre aquellas palabras, y al poco rato se retiró a un rincón, donde se le oyó murmurar: «Les aprenderemos, les enseñaremos; les enseñaremos, les aprenderemos...», hasta que el Tejón le ordenó muy secamente que se largara.

Al poco rato entró el Topo en la estancia, dando brincos, evidentemente muy satisfecho de sí mismo.

—¡Cómo me he divertido —empezó diciendo en seguida—. ¡He logrado la movilización general de los armiños!

—Supongo que habrás tenido mucho cuidado —dijo el Ratón, con inquietud.

—Así lo espero —contestó el Topo, confiado—. Se me ocurrió la idea cuando entré en la cocina para procurar que se mantuviera caliente el desayuno del Sapo. Allí encontré ese traje de lavandera que llevaba ayer cuando llegó; se secaba junto al hogar, colgado en un toallero. Me lo puse, sin olvidar la cofia ni el chal, y me dirigí a la casa del Sapo, con toda la osadía. Los centinelas estaban al acecho, por supuesto, con sus fusiles, su *¿Quién vive?* y demás bobadas.

—¡Buenos días, señores! —les digo, muy respetuoso—. ¿Quieren que les lave la ropa?

»Me miraron con mucho orgullo y empaque y dijeron:

»—¡Lárgate, lavandera! Cuando estamos de guardia no hacemos colada.

»—¿La hacen en otras ocasiones? —les pregunté—. ¡Ja, ja! ¿Verdad que fue divertido, amigo Sapo?

—¡Pobre animal sin seso! —comentó el Sapo, con altivez.

Lo cierto es que tenía mucha envidia al Topo por lo que acababa de hacer. Era precisamente la hazaña que le hubiera gustado llevar a cabo si se le hubiese ocurrido primero, en vez de estarse tanto tiempo en cama.

—Algunos de los armiños se pusieron muy colorados —prosiguió el Topo—, y el cabo de guardia me dijo secamente:

»—Bueno, márchese corriendo, buena mujer, márchese corriendo.

»—¿Que me marche corriendo? —les dije—. Dentro de poco, no seré precisamente yo quien corra.

—¡Ay, Topo! ¿Por qué les dijiste eso? —exclamó el Ratón, desmayado.

El Tejón, algo inquieto, se puso el periódico sobre las rodillas.

—Les vi enderezar las orejas y cruzar una mirada —prosiguió el Topo—, y el cabo les dijo:

»—No le hagáis caso; no sabe lo que habla.

»—¿Conque no sé lo que hablo? —dije yo—. Bueno. Voy a contarles algo. Mi hija hace la colada del señor Tejón, y eso les hará ver si sé o no lo que me digo. Además, no tardarán mucho en enterarse de si la cosa va de veras. Un centenar de sanguinarios Tejones, armados de rifles, atacarán la *Mansión del Sapo* esta misma noche, por el lado de la dehesa. Seis botes cargados de Ratones, con pistolas y machetes, subirán por el río y efectuarán un desembarco en el jardín. Entre tanto, un escogido cuerpo de Sapos, llamados *los Veteranos* o *Grupo Vencer o Morir,* asaltarán el huerto y lo barrerán todo, con aullidos de venganza. Cuando les hayan ajustado a ustedes las cuentas, no quedará ya mucho que lavar, a menos que se larguen a tiempo.

»Luego me marché, y cuando estuvo lejos permanecí un rato oculto. Poco después me deslicé por la acequia y los miré desde un seto. Estaban inquietos y aturdidos, como os podéis figurar. Tropezaban unos con otros, y todos daban órdenes, sin que nadie escuchara. El cabo enviaba grupo tras grupo de armiños a los sitios más lejanos de la finca, y luego mandaba a otros para que los hicieran regresar; y les oí decir:

»—Así son las comadrejas. Se están regaladamente en el comedor, con festines, brindis, canciones y alboroto, y nos obligan a montar la guardia en medio del frío y la oscuridad, para que nos destrocen al fin tejones sanguinarios.

—¡Oh, qué borrico has sido! —exclamó el Sapo—. ¡Lo has echado todo a perder!

—Amigo Topo —dijo el Tejón, con su tono seco y sosegado—: veo que tienes más juicio en tu meñique que otros animales en todo su rechoncho cuerpo. Lo has hecho muy bien y me inspiras grandes esperanzas. Eres un excelente y listísimo Topo.

El Sapo se puso verde de envidia, especialmente porque, aunque en ello le hubiese ido la vida, era incapaz de ver ningún particular talento en lo que había hecho el Topo. Pero, afortunadamente para él, antes de que pudiese mostrar su enojo o exponerse a los sarcasmos del Tejón, sonó la campanilla del almuerzo.

Fue una comida sencilla pero nutritiva: tocino con habichuelas tiernas y un budín de macarrones. Cuando terminaron, el Tejón se arrellanó en una butaca, diciendo:

—Bueno; ya tenemos preparado el trabajo para esta noche, y probablemente será muy tarde cuando lo acabemos. Mientras, voy a dar una cabezada.

Cubrióse la cara con un pañuelo, y al poco rato roncaba.

El ansioso y activo Ratón reanudó en seguida sus preparativos. Corría entre sus cuatro montones de armas, murmurando: «¡Un cinturón para el Sapo, un cinturón para el Tejón!», y así sucesivamente con todos los nuevos pertrechos que sacaba, que parecía que nunca iban a acabarse. En vista de ello, el Topo era un buen oyente, y el Sapo, sin nadie que replicara a sus afirmaciones o le criticara con ánimo hostil, soltó la lengua a sus anchas. Mucho de lo que refirió, es cierto, pertenecía a la categoría de *lo que hubiera podido ocurrir si uno hubiese pensado en ello a tiempo y no diez minutos después*. Éstas son siempre las mejores y más chispeantes aventuras. ¿Por qué no han de ser tan nuestras como las cosas insulsas que nos pasan de verdad?

12. La hora del banquete

Cuando se iba acercando la noche, el Ratón, con emoción y misterio, los reunió de nuevo en la sala, situó a cada cual junto a su montoncito de pertrechos y los equipó para la inmediata empresa. Lo hizo con gran seriedad y cuidado, y la labor les llevó bastante tiempo. Primero debía ceñirse cada bestezuela un cinturón, poniendo en un lado una espada y un machete en el otro, para conservar el equilibrio. Luego, un par de pistolas, una porra de policía, varios pares de esposas, algunas vendas y tafetán inglés, un frasco y una fiambrera con emparedados.

—¡Muy bien, Ratón amigo! —dijo el Tejón—. Esto te diverte y a mí no me hace daño alguno. Pero haré todo mi trabajo con este simple bastón.

El Ratón repuso:

—¡Amigo Tejón, hazme el favor! ¡No me gustaría que luego me criticases por haberme olvidado algo!

Cuando todo estuvo dispuesto, el Tejón cogió una linterna sorda con una garra, empuñó su recio palo con la otra y dijo:

—¡Ahora, seguidme! Primero el Topo, porque estoy muy satisfecho de él. Luego, el Ratón, y, al fin, el Sapo. ¡Y óyeme, amigo! ¡No charles como de costumbre, si no quieres que te haga volver atrás!

193

Tan deseoso estaba el Sapo de no quedar al margen de la empresa, que aceptó sin la menor protesta el puesto inferior que se le asignaba, y los animales se pusieron en marcha. El Tejón los condujo cierto trecho a lo largo del río, y luego, saltando a la orilla, se metió en un agujero que había en ella, casi a ras de agua. El Topo y el Ratón lo siguieron en silencio, introduciéndose con éxito en el agujero, como vieron hacer al Tejón. Pero cuando le llegó el turno al Sapo, resbaló y se cayó al agua, con un fuerte chapoteo y un chillido de alarma. Lo recogieron sus amigos, le restregaron el cuerpo a toda prisa, lo consolaron y lo pusieron de nuevo en pie. Pero el Tejón estaba airado de veras y le dijo que la próxima vez que hiciera el tonto lo dejarían. ¡Al fin estaban ya en el pasaje secreto y empezaba la expedición preparatoria!

Aquello era frío, oscuro, húmedo, bajo y angosto, y el pobre Sapo se echó a temblar, en parte temiendo lo que pudiera acontecerles, y también porque estaba calado. La linterna iba muy por delante; y el Sapo, sin quererlo, se quedó rezagado en la oscuridad. De pronto oyó que el Ratón le gritaba severamente: ¡*Vamos, Sapo!*, y le dio un miedo tremendo quedarse atrás, solo en aquellas tinieblas, por lo que se lanzó con tal ímpetu, que hizo caer al Ratón sobre el Topo, y a éste sobre el Tejón. La confusión reinó unos momentos. El Tejón creyó que los atacaban por la espalda y, como no había espacio para usar un machete, sacó la pistola y por poco mete una bala en el cuerpo del Sapo.

Cuando descubrió lo que ocurría, se enfadó de veras y dijo:

—¡Esta vez sí que dejamos a este molestísimo animal!

Pero el Sapo empezó a gemir, y los otros dos salieron garantes de su buena conducta. Al fin, el Tejón se aplacó y siguió adelante el cortejo. Pero esta vez el Ratón ocupaba la retaguardia, asiendo fuertemente el hombro del Sapo.

Así avanzaron, a tientas y arrastrándose, con las orejas altas y las garras en las pistolas, hasta que el Tejón dijo:

—Ahora ya debemos de estar casi debajo de la casa.

De pronto oyeron, muy lejano, pero, al parecer, encima de sus cabezas, un confuso murmullo, como de gente dando voces y vítores, pataleando y golpeando las mesas. Al Sapo le volvió aquel temblor nervioso, pero el Tejón se limitó a observar plácidamente:

—Son las comadrejas. Ya ha empezado el barullo.

La galería comenzó a subir. Avanzaron algún trecho a tientas y volvió a escucharse el ruido, esta vez muy claro, sobre sus cabezas. ¡Hurra! ¡Hurra!, se oía, y también pisadas de unos pies muy chiquititos sobre el pavimiento y el tintineo de los vasos al golpear la mesa unos minúsculos puños.

—¡Cómo se divierten! —dijo el Tejón—. ¡Seguidme!

Corrieron por el pasadizo hasta llegar de pronto al final, y se hallaron bajo la trampa que conducía a la despensa del mayordomo.

En el salón del banquete había tan tremenda algazara, que no corrían ningún peligro de que los oyesen. El Tejón dijo:

—¡Vamos, muchachos! ¡Todos a una!

Los cuatro arrimaron el hombro a la trampa y la levantaron. Ayudándose uno a otro a subir, llegaron a la despensa, y ya sólo una puerta los separaba del salón del banquete, donde sus inconscientes enemigos celebraban el gran festín.

El barullo, cuando salieron del pasadizo, era ensordecedor. Por fin apagáronse poco a poco los vítores y el tamborileo, y se oyó una voz que decía:

—Bueno; no me propongo entreteneros mucho (*grandes aplausos*), pero, antes de volver a sentarme (*nuevos aplausos*), quisiera decir algo acerca de nuestro bondadoso anfitrión, el señor Sapo. ¡Todos conocemos al Sapo! (*grandes risas*). ¡El Sapo *bueno*, el Sapo *modesto*, el *honestísimo* Sapo! (*chillidos de regocijo*).

—¡Dejádmelo a mí! —masculló el Sapo, rechinando los dientes.

—¡Espera un momento! —le ordenó el Tejón, deteniéndolo con dificultad—. ¡Listos todos!

—Permitid que os cante una pequeña canción —prosiguió la voz— que he compuesto sobre el Sapo (*aplausos prolongados*).

Luego la reina de las comadrejas (era ella) empezó a cantar con voz chillona:

> *Salió el Sapo a divertirse*
> *por la calle muy contento...*

El Tejón se cuadró, agarró fuertemente su bastón con ambas manos, miró a sus compañeros y gritó:

—¡Ha llegado el momento! ¡Seguidme!

Y abrió la puerta de par en par.

¡Cielos!

¡Qué de gritos, chillidos y alaridos estremecieron el aire! Bien podían las asustadas comadrejas ocultarse bajo las mesas y brincar locamente hasta las ventanas. Bien podían correr los hurones frenéticos hacia el hogar y apiñarse sin esperanza en la chimenea. Bien podían derribarse mesas y sillas, y hacerse añicos en el suelo los vasos y la porcelana, en el pánico de aquel terrible momento en que los cuatro héroes penetraron a zancadas en la habitación. El robusto Tejón, con los bigotes erizados y blandiendo en el aire su sibilante machete. El Topo, negro y lúgubre, agitando el bastón y soltando su terrible grito de guerra: ¡Un Topo! ¡Un Topo! El Ratón, temerario y resuelto, con el cinturón rebosante de armas de todas las épocas y trazas. El Sapo, frenético y con el ardor del ofendido orgullo, inflado hasta alcanzar doble tamaño, dando grandes brincos y lanzando chillidos de sapo que les helaba la sangre a sus enemigos.

—¡Salió el Sapo a divertirse...! —aullaba—. ¡Ya les daré yo buen recreo!

Y se dirigió directamente hacia la reina de las comadrejas. Los atacantes eran sólo cuatro, pero a las asustadas comadrejas parecióles que la sala estaba llena de monstruosos animales, grises, negros, pardos y amarillos, chillando y blandiendo enormes machetes. Dispersáronse y huyeron con alaridos de miedo y desmayo, escurriéndose por todas partes: por las ventanas, chimenea arriba…, a cualquier sitio donde no llegasen los terribles bastones.

La cosa duró poco. Recorriendo de arriba abajo el salón, avanzaban los cuatro amigos a zancadas, pegando con sus palos a cuantas cabezas se ponían a su alcance. Y a los cinco minutos quedó la estancia vacía. Por las rotas ventanas llegábanles vagamente los chillidos de las despavoridas comadrejas que huían por el prado. En el suelo yacían una docena de enemigos, a los que el Topo se apresuró a esposar. El Tejón, descansando de su tarea, apoyóse sobre el palo y se enjugó la honrada frente.

—Amigo Topo —dijo—, ¡qué buen compañero eres! Sal fuera un momento y cuida de esos armiños centinelas, a ver lo que hacen. Creo que, gracias a ti, no van a darnos mucho trajín esta noche.

El Topo desapareció prontamente por una ventana. El Tejón ordenó a los otros dos que pusieran una mesa en su posición normal, que recogieran cuchillos, tenedores, platos y vasos entre los añicos del suelo y procurasen encontrar algo para la cena.

—Necesito de veras pitanza —dijo el Tejón en su lenguaje algo vulgar—. ¡Mueve las patas, Sapo, y anímate! Te hemos recuperado la casa y ni siquiera nos ofreces un emparedado.

El Sapo se sentía bastante molesto porque el Tejón no le decía cosas agradables como al Topo ni elogiaba su bravura. Estaba muy satisfecho de sí mismo por el modo como había arremetido contra la reina de las comadrejas y la había mandado volando al otro lado de la mesa con un solo bastonazo. Pero, pese a su enfado, buscó por todas partes, y lo mismo hizo el Ratón. No tardaron en encontrar un poco de jalea de guayaba en un plato de cristal, una gallina fiambre, una lengua de ternera casi intacta, algo de crema aromatizada y una gran fuente de ensalada con trozos de langosta. Y en la despensa descubrieron un cesto lleno de bollos franceses y gran cantidad de queso, mantequilla y apio. Se disponían ya a sentarse cuando entró el Topo por la ventana, riéndose por lo bajo y con un brazado de fusiles.

—Todo ha termiando —dijo—. Por lo que he podido descubrir, apenas los armiños, ya bastante inquietos, oyeron los gritos, alaridos y alboroto del comedor, algunos arrojaron los fusiles y huyeron. Los demás se mantuvieron firmes un rato, pero, cuando las comadrejas salieron como una tromba hacia ellos, se creyeron traicionados. Los armiños se lanzaron sobre las comadrejas y éstas lucharon para abrirse paso, y pugnaron y se aporrearon, rodando enlazados por el suelo, hasta que la mayoría fueron a parar al río. A estas horas ya han desaparecido todos y tengo sus fusiles. ¡Todo va a pedir de boca!

—¡Admirable bestezuela! —exclamó el Tejón, con la boca llena de gallina y crema aromatizada—. Ahora quisiera pedirte un nuevo favor, amigo Topo, antes de que te sientes a cenar con

198

nosotros. No te molestaría, pero sé que puedo confiar en que harás escrupulosamente lo que te encargue, y siento no poder decir lo mismo de todos mis conocidos. Enviaría al Ratón si no fuese poeta. Quiero que te lleves arriba esos sujetos que están ahí en el suelo y que les hagas limpiar algunos dormitorios, para que queden cómodos y agradables. Procura que barran también *debajo* de las camas, que pongan sábanas y fundas de almohada limpias y no se olviden del embozo de la sábana, y que en ningún dormitorio falte un cacharro con agua caliente, toallas limpias y una pastilla de jabón. Luego, si te apetece, puedes dar una tunda a cada uno y echarlos por la puerta trasera, y me figuro que no se asomarán más por aquí. Cuando hayas terminado, ven en seguida y saborea unos pedazos de esta lengua fiambre. Está riquísima. ¡Amigo Topo, estoy muy contento de ti!

El bondadoso Topo cogió un bastón, alineó a sus prisioneros, les dio la orden de *¡En marcha! ¡Rápidos!*, y condujo su escuadrón al piso alto. Regresó al cabo de un rato, sonriente, y dijo que todos los dormitorios estaban arreglados y más limpios que un alfiler nuevecito.

—No tuve que zurrarlos —añadió—. Pensé que ya les dimos bastante vapuleo en una sola noche, y cuando lo manifesté así a las comadrejas, todas asintieron, asegurándome que no pensaban molestarme. Estaban muy compungidas y dijeron que sentían mucho lo que habían hecho, que tenían toda la culpa su reina y los armiños, y que, si alguna vez podían hacer algo por nosotros para compensar el daño, sólo teníamos que insinuarlo. Les di, pues, un bollo a cada una, las acompañé a la puerta trasera, y todas se marcharon, raudas como el viento.

El Topo acercó la silla a la mesa y atacó la lengua fiambre. Y el Sapo, como caballero que era, olvidó ya la envidia y le dijo cordialmente:

—Muchas gracias, amigo Topo, por todo tu trabajo de esta noche y, en especial, por la feliz idea de la mañana.

Al Tejón le gustó este rasgo, y dijo:

—¡Así se habla, mi excelente Sapo!

Acabaron la cena con gran júbilo y contento, y al poco rato se retiraron a descansar entre nítidas sábanas, sanos y salvos en la morada patrimonial del Sapo, reconquistada gracias a un valor sin par, a una consumada estrategia y al sabio manejo de los palos.

A la mañana siguiente, el Sapo, que se levantó muy tarde, como de costumbre, bajó para el desayuno en hora bastante intempestiva, y halló sobre la mesa cierta cantidad de cáscaras de huevo, unos trozos de tostada más duros que una correa, una cafetera casi vacía y apenas nada más, lo cual no contribuyó precisamente a ponerle de buen humor, pues pensaba que, al fin y al cabo, estaba en su casa. Por las ventanas francesas del comedor vio al Topo y al Ratón sentados en sillones de mimbre en el prado. Era evidente que se contaban historias y, entre grandes carcajadas, agitaban en el aire sus cortas patas. El Tejón, que estaba sentado en una butaca y leía con gran atención el periódico, se limitó a alzar los ojos y a saludar con una inclinación de cabeza cuando el Sapo entró en la estancia. Pero el Sapo conocía de sobra a su amigo. Se sentó, pues, y desayunó lo mejor que pudo, diciéndose para su capote que, tarde o temprano, habría engullido tanto como sus compañeros. Cuando ya casi terminaba, el Tejón observó secamente:

—Lo siento, amigo Sapo, pero creo que esta mañana te espera un intenso trabajo. Deberías darnos un banquete en seguida, ¿sabes?, para celebrar el suceso. Así lo esperamos de ti... En realidad, es una costumbre ineludible.

—¡Oh, claro! —asintió el Sapo—. Haré cualquier cosa para demostraros mi gratitud, pero no sé por qué diablos se os ha ocurrido celebrar un banquete por la mañana. Sin embargo, ya sabes que no vivo para complacerme a mí mismo, sino simplemente para descubrir lo que mis amigos desean y procurar darles gusto, mi excelente Tejón.

—No pretendas ser más tonto de lo que eres —repuso el Tejón, malhumorado—, ni hables con la boca llena de café, que es cosa de gente sin modales. Lo que quise decirte es que el banquete será por la noche, claro está, pero las invitaciones tendrán que escribirse y mandarse en seguida, y tú deberás encargarte de ese trabajo. Siéntate a la mesa (*hay en ella hojas de papel con el membrete* Mansión del Sapo *impreso en azul y oro*) y escribe las invitaciones para tus amigos. Si no abandonas tu tarea, las habremos cursado antes del almuerzo. También yo echaré una mano, ayudándote a soportar la carga. Me encargaré de preparar el banquete.

—¡Cómo! —exclamó el Sapo, desmayado—. ¿Yo quedarme en casa, escribiendo fastidiosas cartas, en una mañana espléndida como ésta, cuando lo que quiero es dar una vuelta por mi finca, ponerlo todo en orden, pavonearme y disfrutar? ¡De ningún modo! Voy a... Bueno, más tarde... ¡Pero, espera! ¡Claro que lo haré, mi buen Tejón! ¿Que son mi gusto y conveniencia, comparados con los de los demás? Lo quieres así, y así será. Anda, Tejón, prepara el banquete y pide lo que te apetezca. Luego únete a tus amigos en el prado, participa de su ingenua alegría, olvidándome a mí y mis penas y trabajos. ¡Sacrifico esta hermosa mañana en aras del deber y la amistad!

El Tejón lo miró con desconfianza, pero la expresión abierta y franca del Sapo disipaba toda sospecha de que, tras aquel cambio de actitud, se ocultasen indignos motivos. Se marchó, pues, hacia la cocina, y, apenas cerró la puerta, corrió el Sapo al escritorio. Mientras hablaba, se le ocurrió una brillante idea. Escribiría las invitaciones y pondría buen cuidado en mencionar la parte principal que le cupo en la lucha y el modo como dejó tendida a la Reina de las comadrejas. Aludiría a sus aventuras y a la triunfal carrera que se proponía relatarles. Y en la hoja interior daría una especie de programa de las diversiones de la velada, que ya había esbozado mentalmente:

Discurso, a cargo del Sapo
(*Durante la velada, el Sapo pronunciará también otros discursos.*
Conferencia, a cargo del Sapo
Sinopsis: Nuestro sistema penitenciario. Los canales de la Vieja Inglaterra. Cómo debe orientarse la compraventa de caballos. La propiedad: sus derechos y deberes. Regreso a la tierra. Un típico hidalgo inglés.

Canción interpretada por el Sapo
(*Compuesta por él mismo*)

Otras composiciones, por el Sapo
Las cantará en el curso de la velada su propio autor.

La idea le entusiasmó. Trabajó de lo lindo y terminó todas las cartas al mediodía. Entonces le anunciaron que acababa de presentarse a la puerta una comadreja muy chiquita y bastante harapienta, preguntando tímidamente si podía prestar algún servicio a los señores. El Sapo salió y vio que era uno de los prisioneros de la noche anterior, muy respetuoso y con vivos deseos de ser útil. Le dio una palmadita en la cabeza, le puso en la garra el fajo de invitaciones y le dijo que las repartiera lo más de prisa posible, y que, si quería volver por la noche, tal vez le dieran un chelín, tal vez no se lo dieran. La pobre comadreja se mostró muy agradecida y partió resueltamente para realizar su misión.

Cuando los demás regresaron para el almuerzo, muy alborotados y alegres después de pasar la mañana junto al río, el Topo, a quien remordía algo la conciencia, dirigió al Sapo una mirada inquisitiva, esperando encontrarlo hosco y deprimido. Pero lo vio tan inflado y arrogante, que el Topo empezó a alarmarse, mientras Ratón y Tejón intercambiaban miradas de inteligencia.

Apenas acabó el almuerzo, el Sapo hundió las manos en los bolsillos de su pantalón y dijo, como quien no quiere la cosa:

—Bueno, amigos; os dejo un rato. Pedid lo que queráis.

Y se dirigía al jardín, donde quería redondear unas ideas para sus próximos discursos, cuando el Ratón lo cogió por el brazo.

El Sapo adivinó lo que se proponía e hizo cuanto pudo para marcharse. Pero cuando el Tejón lo asió firmemente por el otro brazo, empezó a comprender que había terminado el juego. Los dos animales lo condujeron al pequeño fumadero que daba al vestíbulo, cerraron la puerta y lo sentaron en una silla. Luego se plantaron los dos frente a él, mientras el Sapo guardaba silencio y los miraba con aprensión y mal humor.

—Oye, Sapo —le dijo el Ratón—. He de hablarte a propósito del banquete, y cree que lamento tener que hacerlo así. Pero queremos que comprendas claramente y de una vez que no habrá discursos ni canciones. Procura fijarte en que ya no discutimos contigo: te lo ordenamos.

El Sapo vio que estaba acorralado. Le comprendían perfectamente, adivinaban sus propósitos, se anticipaban a él. Su agradable sueño se desvanecía.

—¿Ni siquiera puedo cantar una cancioncita? —suplicó, quejumbroso.

—No. Ni siquiera una cancioncita —replicó firmemente el Ratón, con el corazón sangrante al advertir el trémulo labio del pobre Sapo desilusionado—. De nada serviría, amigo. Ya sabes que tus canciones no son más que presunción, jactancia y vanidad. Y tus discursos están llenos de elogios de ti mismo y..., bueno..., de groseras exageraciones...

—Y de zarandajas —concluyó el Tejón, con su lenguaje algo vulgar.

—Lo hacemos por tu bien, amigo Sapo —prosiguió el Ratón—. Ya sabes que, tarde o temprano, has de hacer borrón y cuenta nueva, y ahora parece un momento muy adecuado para empezar: una especie de punto decisivo en tu carrera. No creas que, al decirte esto, no me sienta yo tan herido como tú mismo.

El Sapo permaneció largo rato sumido en profundas reflexiones. Al fin levantó la cabeza: los signos de una fuerte emoción aparecían en su rostro.

—Habéis ganado la partida, amigos míos —balbució—. En realidad, era poco lo que podía... Sólo florecer y expansionarme una última noche, dar rienda suelta a mi temperamento y escuchar los tumultuosos aplausos que siempre me parece que, sea como fuere, hacen surgir mis mejores cualidades. Sin embargo, tenéis razón, ya lo sé, y yo ando equivocado. Desde ahora seré un Sapo distinto. Amigos míos, ya no os daré ocasión para que os avergoncéis más de mí. ¡Pero, ay, ay, qué mundo tan triste!

Y, apretándose el pañuelo contra la cara, dejó la estancia con paso inseguro.

—Tejón amigo —dijo el Ratón—, me siento un bruto. Dime: ¿qué sientes tú?

—¡Oh, sí, sí; ya comprendo! —asintió el Tejón, con melancolía—. Pero teníamos que hacerlo. Ese buen muchacho debe vivir aquí, sostener lo suyo y ser respetado. ¿Te gustaría verlo convertido en el hazmerreír de todos, y que los armiños y las comadrejas se burlaran de él?

—Claro que no —dijo el Ratón—. Y, ya que de comadrejas hablamos, ha sido una suerte echarle el guante a aquella tan chiquita en el preciso instante en que iba a repartir las invitaciones del Sapo. Por lo que tú me dijiste, sospeché algo y eché un vistazo a algunas de ellas: te aseguro que daban pena. Me quedé con todo el lote, y el bueno del Topo está ahora sentado en el tocador azul, llenando tarjetas de invitación simples y corrientes.

Por fin se acercó la hora del banquete, y el Sapo, que, al dejar a los demás, se había retirado a sus habitaciones particulares, estaba aún sentado allí, melancólico y pensativo. Reclinando la cabeza en la mano, meditaba profunda y largamente. Poco a poco se iluminó su rostro y aparecieron en él unas largas y vagas sonrisas. Empezó a reírse por lo bajo, tímido pero pagado de sí. Al fin se levantó, cerró la puerta, corrió las cortinas de las ventanas, reunió todas las sillas de la habitación, formando con ellas un semicírculo, y se puso frente a ellas, inflándose visiblemente. Luego se inclinó, tosió un par de veces, se puso a sus anchas y cantó con voz recia a la arrobada concurrencia que tan claramente veía con la imaginación.

ULTIMA CANCIONCILLA DEL SAPO

¡El Sapo! ¡Ya volvió el Sapo al hogar!
En la sala hubo pánico, en el zaguán aullidos,
las vacas, asustadas, daban fieros mugidos,
el día en que volvió el Sapo a su hogar.

El día en que volvió el Sapo a su hogar
crujieron las ventanas, cayó más de una puerta,
huyeron comadrejas, quedó una medio muerta,
el día en que volvió el Sapo a su hogar.

¡Bang! ¡Bang! ¡Cómo redoblan los tambores!
Saludan los ejércitos, resuenan las cornetas,
retumban los cañones y tocan las trompetas...
¡Vuelve el héroe con todos los honores!

¡Gritadle hurras y vivas a porfía!
Toda la muchedumbre las voces alce a coro,
a él, que es nuestro orgullo, un aplauso sonoro,
¡pues hoy es para el Sapo un magno día!

Lo cantó muy alto, con gran unción y sentimiento. Cuando lo terminó, volvió a cantarlo otra vez.

Luego exhaló un profundo suspiro. Un suspiro largo, larguísimo.

Hundió después el cepillo en el jarro, se partió la raya en medio y se aplastó mucho el cabello a los lados del rostro. Abriendo la puerta, bajó tranquilamente la escalera para saludar a sus huéspedes, que ya empezaban a reunirse en el zaguán.

Todos los animales le vitorearon al entrar y se apiñaron en

torno de él para felicitarle y decirle cosas agradables sobre su valentía, su talento y sus cualidades de luchador. Pero el Sapo se limitaba a sonreír vagamente, murmurando: *¡No es para tanto!*, o a veces, para variar: *¡Nada de eso!*

La Nutria, que estaba de pie sobre la esterilla del hogar, describiendo a un admirado grupo de amigos lo que hubiera hecho si hubiese estado allí, se adelantó con un grito, echó un brazo al cuello del Sapo e intentó llevarlo por toda la estancia en avance triunfal. Pero el Sapo, aunque suavemente, le dio un desaire, observando mientras se soltaba:

—El Tejón fue el alma de la empresa. El Topo y el Ratón llevaron todo el peso de la lucha. Yo he sido un simple soldado raso y nada he hecho.

Los animales quedaron muy perplejos y sorprendidos ante esta inesperada actitud. El Sapo advirtió, al ir de un huésped a otro haciendo sus modestas observaciones, que era objeto del general interés.

El Tejón había encargado lo mejor, y el banquete fue un gran éxito.

Hubo entre los animales mucha charla, risas y bromas, pero el Sapo, aunque por supuesto ocupaba la presidencia, lo observó todo con aire indiferente y murmuró agradables bagatelas a los animales que se sentaban a su lado. De vez en cuando observaba con el rabillo del ojo al Tejón y al Ratón acuático, y cada vez notó que ambos se miraban boquiabiertos, lo cual le llenó de la más viva satisfacción. Algunas de las bestezuelas más jóvenes y animadas, al correr de la velada, empezaron a murmurar entre sí que aquello no era tan divertido como en otros tiempos, y se oyeron algunos golpes en la mesa y gritos de *¡El Sapo! ¡Qué hable el Sapo! ¡Que cante! ¡Una canción por el señor Sapo!*

Pero el aludido limitóse a denegar con la cabeza, levantó la pata con suave protesta y, mediante exquisitas amabilidades, comentando temas de interés general y dirigiendo a sus invitados afectuosas preguntas sobre los familiares que, por su corta edad, no podían alternar todavía, les dio a entender que la cena se adaptaba a la más estricta corrección.

Estaba, en verdad, muy cambiado.

Después de aquella crisis, los cuatro animales reanudaron con gran júbilo y contento su vida de siempre, tan rudamente interrumpida por la guerra civil, y ya no los turbaron nuevos alzamientos ni invasiones. El Sapo, tras las debidas consultas con sus amigos, eligió una hermosa cadena de oro y un medallón con perlas y los envió a la hija del carcelero, acompañados de una carta que hasta el Tejón hubo de confesar que era modesta, afable y llena de gratitud. Y también dio las gracias al maquinista, recompensándole por sus penas y molestias.

Obedeciendo a las enérgicas instancias del Tejón, el Sapo hizo buscar, no sin esfuerzo, a la barquera, a quien se entregó discretamente el importe del caballo. Pero el Sapo pataleó un poco cuando le obligaron a ello, afirmando que había sido instrumento del destino, enviado para castigar a las mujeres rechonchas, con brazos llenos de pecas, incapaces de distinguir a un auténtico caballero. La suma enviada, es cierto, no resultó un carga muy onerosa, pues los entendidos de la región aseguraron que la valoración del gitano era bastante exacta.

A veces, en las largas tardes veraniegas, los cuatro amigos iban a pasear por el bosque, ahora ya felizmente domesticado en lo que a ellos atañía. Resultaba agradable ver el respeto con que los saludaban sus habitantes y cómo las comadrejas madres llevaban sus pequeños a la entrada de las guaridas y decían, señalándolos con el dedo:

—Mira, hijito: ahí va el gran señor Sapo, y lo acompaña el valeroso Ratón acuático, terrible luchador. Y algo más atrás viene el famoso señor Topo, de quien tantas veces habla tu padre.

Pero, cuando los pequeñuelos se ponían muy traviesos y no había modo de dominarlos, los aplacaban diciéndoles que, si no se portaban mejor y seguían alborotando, el terrible Tejón gris se los llevaría. Lo cual era una fea calumnia, pues el Tejón, aunque la sociedad le importaba poco, quería mucho a los niños.

Pero la amenaza nunca dejaba de surtir su efecto.

INDICE